동생에게 들려주는

재미있는
과학이야기

경상 SWH(Science Writing Heuristic)
우리 동아리는 과학적 글쓰기를 통하여 스스로 사고하는 능력과 사고를 표현하는 능력을 기르기 위한 모임입니다. 우리는 동아리 활동을 통하여 올바르게 사고하는 방법과 그것을 알맞게 표현하는 방법을 배우고 있습니다.

동생에게 들려주는 재미있는 과학이야기
초판 1쇄 인쇄_ 2010년 5월 25일 | **초판 1쇄 발행_** 2010년 5월 30일
지은이_경상 SWH | **엮은이_**임흥수 | **펴낸이_**진성옥 · 오광수 | **펴낸곳_**꿈과희망
디자인 · 편집_김창숙, 박희진 | **마케팅_**김진용
주소_서울특별시 용산구 원효로 1가 112-4 디아뜨센트럴 217
전화_02)2681-2832 | **팩스_**02)943-0935 | **출판등록_**제1-3077호
http://www.dreamnhope.com| e-mail_ jinsungok@empal.com
ISBN_978-89-90790-67-5 43810 | **값** 9,000원

Interesting Science Story

동생에게 들려주는

재미있는 과학이야기

· · · · · · ·

경상 SWH 지음 / 임흥수 엮음

꿈과 희망

책쓰기동아리 신청 마감 하루 전, 우연찮게 다른 학교에서 근무하는 한 친구에게 전화가 걸려왔다.

"니, 책쓰기동아리 신청했나?"

책쓰기동아리에 대한 내용은 알고 있었지만 난 전혀 관심이 없었다.

"그거? 우리 자연계 애들은 글도 못 쓰는데 무슨 책이고?"

그런데……

입으로는 그렇게 말하면서도 문득 나의 머릿속에는 작은 생각 하나가 떠올랐다.

'아니지, 자신의 과학 지식을 글로 표현해 보는 것이 사고력 향상에 엄청나게 도움이 되는데……'

"야! 잠깐만! 끊자. 내 지금 동아리 신청해야겠다."

"뭐? 지금? 그럼…….

뚜우- 뚜우-

이렇게 시작된 우리 학교 책쓰기동아리 이름은 '경상SWH'이다. SWH는 Science Writing Heuristic의 약자로서 탐구적 과학 글쓰기라 부른다. 이는 미국의 교육학자 Keys 등이 만들어낸 과학 글쓰기 체계인데 글쓰기의 체계보다는 'Heuristic' 이라는 용어가 우리의 책쓰기 취지와 맞기 때문에 선정하였다. 동아리 학생은 총 15명. 학기 초에 뽑힌 자연계열 심화반 학생들이다.

　동아리 활동으로 가장 먼저 한 것은 학생들의 책쓰기에 대한 동기 유발이었다. 이 활동은 자기 스스로 계획을 세우고 목표를 향해 노력하여 자신만의 성취물을 얻기 위함이라는 것을 강조하였다. 훌륭한 위인들만이 책을 쓰는 것이 아니라 우리도 노력하여 우리들만의 책을 만들어 보자고 입을 하나로 모았다. 목표 의식이 뚜렷한 학생들이었기에 모두들 의욕이 하늘을 찔렀다.

　역시 높은 의욕은 좋은 주제를 낳았다. 학생들은 자신만의 주제를 찾으려고 여러 방면으로 애썼으며, 각자 개성있고 독특한 아이디어를 내 놓았다. 나 또한 부푼 기대감으로 주변 사람들에게 우리 학교 책쓰기 동아리 학생들이 정한 주제들을 자랑하며 다녔다. 다들 호응도 매우 좋았다. 난 이러한 내용을 학생들에게 말하며 더욱 의욕을 높였다. 우리 마음에는 벌써 책을 출판한 자신감으로 꽉 차 있었다.

　그러나, 얼마가지 않아 기대는 실망으로 바뀌었다. 여름 방학이 끝나고 학생들이 쓴 글을 처음 보았을 때에는 정말 실망이 컸었다. 아니 자연계열

학생들에게 기대가 너무 컸었나 싶었다. 학생들 스스로에게는 처음 써보는 글이라 부단히 노력을 했을 터인데 나의 마음에는 기대에 못 미치는 실망감에 더하여 혹시 책을 펴내지 못하는 게 아닌가 하는 절망까지 느껴졌다. 솔직히 스스로 화가 났었다.

'우리 아이들이 이 정도 밖에 안 되었었나?'

'아니야! 처음부터 잘하는 사람은 없어! 누구나 올바르게 배우고 열심히 노력한다면 무엇이든지 해낼 수 있어! 다시 제대로 한 번 만들어 가보자!'

난, 학생들을 한 명 한 명 불렀다. 자신의 주제에 대한 개념을 다시 잡고 그것을 자신의 어린 동생에게 가르친다는 생각으로 글을 쓰게 하였다. 혹은 과학 내용을 잘 모르는 부모님에게 설명하는 글을 써보라고 했다. 우리의 목적은 전문적인 과학 책이 아니라 딱딱한 과학 내용을 쉽고 재미있게 알리는 것이라고 강조하였다.

그리고 11월. 난 지금 2009년 올 한 해 동안 지나온 책쓰기 활동을 되짚어보고 있다. 우여곡절이 많았으나 지금은 무척이나 기분이 좋다. 곧 우리의 책이 나올 것이라는 기대가 이렇게 기분을 좋게 만드나 싶다. 어제는 다 함께 학교 아래 자장면 집에 가서 자장면에 탕수육까지 먹었다. 다들 기분이 좋았던 것은 자장면 때문만이 아니라 모두들 나와 같은 희망의 기쁨을 가졌기 때문인 것 같다.

　난 이 책을 내 아들에게 자신있게 보여줄 것이며 이 책으로 과학에 대한 흥미를 얻어 너도 이 다음에 이와 같은 과학 책을 만들어 보라고 권할 것이다.

　난 이 책을 만든 우리 학생들이 자랑스럽다.

2009년 11월 따뜻한 오전
경상SWH 지도교사 임홍수

과 학 이 야 기

Interesting Science Story

사랑과 호르몬의 f(x)

김 치 헌

사랑과 호르몬의 f(x)

　사람의 몸 속에는 호르몬(Hormone)이라는 화학 물질이 흐른다. 호르몬의 종류는 굉장히 많으며 이러한 호르몬들은 내분비선이나 신경 조직에서 분비되어 혈관이나 림프관을 통하여 표적기관으로 이동된다. 매우 극소량이 분비되지만 제 일을 하고 그 지속 시간 또한 길다. 호르몬은 종류가 많은 만큼 하는 일도 많다. 주로 신체가 항상성을 유지하게 하는 역할을 하는 호르몬과 다른 호르몬의 분비를 유발하는 호르몬이 있다.

　하지만, 이러한 호르몬들 중에는 사랑에 관여를 하는 호르몬들도 있다. 도파민과 노르에피네프린, 옥시토신, GnRH, 엔도르핀, 페닐에틸아민(PEA), 페로몬 등의 각종 호르몬이 사랑의 단계에 따라 알맞게 분비되어 우리들을 사랑에 빠지게 만든다. 그렇다면 이제 실존 인물 철수와 영희의 실제 상황을 통하여 이러한 호르몬들을 하나하나씩 파헤쳐 보자.

　나름 잘 생겼고 나름 평범하고 여자에는 관심이 없는 고등학생인 철수는 오늘도 별 다를 것 없이 버스를 타고 등교를 한다. 버스를 타고 교통카드를 찍으려는 순간, 그의 뇌는 손에 분포된 촉점으로부터 지갑이 있어야 할 곳에 빈 주머니만 있다는 것을 깨달았다. 다시 내리기엔 너무 촉박한 시간. 안절부절못하는 철수는 그 순간에 자신의 귀로부터 뒤에서 "두 명이요."라는 청각적 자극을 받았다. 그 목소리의 주인공은 나름

예쁜 영희였다. 영희가 철수의 요금까지 같이 계산을 해주었다. 이렇게 처음 만난 두 사람. 가볍게 고마움을 표시하고 철수는 버스를 타고 별 생각없이 학교를 갔다. 버스에서 내린 후 철수는 문득 영희 생각이 났다. 영희에게서 호감을 느꼈다. 가끔 친구들이 교통카드를 찍어줄 때도 그저 그렇게 받아들이던 철수가 처음 만나 그저 교통카드 한 번 찍어준 영희에게 호감을 느낀 것이다. 조금 의아해 하다가 이내 생각을 접고 철수는 학교로 갔다.

자, 여기서 철수의 몸에서는 화학적 작용이 일어났다. 바로 호르몬이 분비된 것이다. 파킨슨병 치료에도 쓰이는 이 호르몬은 도파민(Dopamine)이라는 호르몬으로써 대뇌 변연계에서 분비가 된다. 도파민은 상대방에게 호감을 느낄 시기에 분비되어 호감을 느끼게 하고, 상대방의 얼굴을 보거나 생각을 하는 것만으로도 행복감을 느끼게 한다. 사랑의 감정 이외에도 여러 감정, 특히 우울한 기분이나 위축된 기분을 없애주기도 한다. 미세한 운동에도 관여를 하며 나중에 분비될 노르에피네프린의 전구체이기도 하다. 학자들에 따라서는 인간정신 그 자체라고 부를 정도로 하는 일이 많은 호르몬이다. 이런 도파민이 분비될 때 세로토닌(Serotonin)이라는 호르몬도 분비가 된다. 세로토닌은 감정을 조절하는 호르몬으로 연애를 할 때는 상대방의 결점을 인식하기 어렵게 만든다. 또한 도파민이 분비되는 시기에 세로토닌의 농도가 급격히 낮아질 수도 있는데 이러한 증상은 강박증이나 정신분열증으로도 이어질 수 있다. 다행히도 철수는 그 정도까지는 아닌 것 같다. 이러한 도파민의 도움으로 철수와 영희의 사랑은 출발선을 넘었다. 다시 철수를 관찰해 보자.

　　하루 종일 멍을 때리며 수업을 보낸 철수, 머릿속엔 영희 생각, 또 그런 자기 자신에 대한 생각에 시간가는 줄을 모른다. 그러나 또다시 평범하게 하루를 보내고 집에 온 철수. '내일도 다시 평범한 하루가 되겠지'라고 생각하며 잠자리에 든다. 하지만 다음날도 철수는 똑같은 증상을 보였다. 고심 끝에 철수는 단짝친구인 민수에게 어제의 일과 자신의 생각을 털어놓았다. 놀랍게도 민수는 영희와 아는 사이였고, 철수가 영희에게 한눈에 반했다는 결론을 내놓았다. 민수는 아직 연애를 한 번도 해본 적 없는 철수의 이러한 감정이 사랑의 감정이라는 것을 모를 수도 있다는 해설까지 덧붙여주며 영희를 소개해 줄 것을 제안했다. 철수는 냉큼 그 제안을 받아들였다. 철수는 영희를 만날 것을 기대하며 하루를 즐겁게 보냈다.

　　일요일 아침, 약속 장소에서 영희와 민수를 기다리는 철수. 아침부터 괜스레 설렌다. 곧이어 나타난 민수는 철수와 영희를 서로 소개해 주고 슬그머니 자리를 피해 주었다. 이제 본격적으로 철수와 영희의 데이트가 시작되었다. 카페에서 커피 한 잔을 곁들인 사랑스런 이야기, 멜로영화로 분위기를 형성하고 근사한 레스토랑에서 저녁식사를 한 후, 철수는 영희의 집 앞에서 사귀자고 하였다. 철수에게 처음부터 호감이 있었던 영희였는데 멋있는 데이트까지 하고 난 뒤라 흔쾌히 승낙하였다. 하루를 굉장히 즐겁게 보내고 연인이 된 두 사람. 불과 일주일 전만 해도 모르던 둘이 이제는 호르몬들의 활동으로 사랑하는 사이가 되었다.

　　서로 바라보기만 해도 그저 세상이 아름답게 느껴지는 두 사람. 역시 여기에도 호르몬의 작용이 관여하고 있다. 노르에피네프린(Norepinephrine),

노르아드레날린(Noradrenalin)이라고도 하는 이 호르몬은 부신 수질에서 분비되며 마약의 일종인 필로폰과 비슷한 화학물질로 중추신경을 자극한다. 그 결과 격렬한 사랑의 감정을 느끼게 되며 흔히 "너 사랑에 눈이 멀었구나."라는 여러 증상들이 나타난다. 딱 지금의 철수와 영희의 상태를 가리키는 말이다.

하루하루 꽃다운 나날을 보내는 철수, 영희와 사귄 지 어언 백 일이 넘었다. 첫 키스까지 하고 나름 빠른 두 사람. 둘의 사랑은 누구도 막을 수 없는 절정을 이루고 있다. 영희를 소개해 준 민수가 봐도 둘은 최강 닭살커플. 시도 때도 없는 스킨십, 저희끼리만 좋아라 하는 느끼한 대사. 하지만 지켜보는 솔로들은 그저 부러울 뿐이다. 사랑의 힘일까, 철수는 공부는 공부대로, 운동은 운동대로, 연애는 연애대로 상승세를 타는 생활을 보낸다.

이 글 처음에서는 그저 그런 평범한 대한민국의 고등학생 철수가 어쩜 이렇게까지 변했을까? 여자에게 관심이라곤 개미똥구멍만큼도 없었던 철수가 닭살커플이라는 소리를 들을 지경이 되었을까? 바로 페닐에틸아민(PEA) 덕분이다. 페닐에틸아민은 중추신경을 자극하는 천연각성제 구실을 하는 호르몬이다. 멀리서 동경심만 갖는 것으로는 만족을 못하게 되고 상대방을 소유하고 싶은 욕구가 생긴다. 앞서 나온 도파민이 정신적 사랑을 부추긴다면, 페닐에틸아민은 육체적 사랑을 유발한다. 또한 애정 중독증도 생길 수 있으며, 분별력을 조금 떨어뜨리는 교란성 물질이기도 하다. 사랑을 하면 용감해진 드라마나 영화의 주인공들이 기억나는가? 바로 이러한 페닐에틸아민의 작용 때문이다.

육체적 사랑을 부추기는데 또 한몫 하는 호르몬이 바로 옥시토신 (Oxytocin)이다. 옥시토신은 뇌하수체에서 분비되는데 연애를 할 때는 친밀감을 유발하며 상대를 껴안는 등 모성애가 느껴지는 행동을 유발한다. 모성애의 영향으로 사랑하는 상대를 위해 목숨까지도 내놓으려는 지고지순한 '순정'을 이끌어낸다.

이러한 호르몬들로 둘은 한여름의 태양보다 뜨거운 사랑을 나누며 시간을 보냈다. 사귄 지 어느덧 일 년이 지난 철수와 영희, 이제 둘은 서로를 누구보다 아긴다. 예전처럼 철없이 뜨거운 사랑이 아닌, 좀 더 성숙해진 사랑으로 둘은 서로를 사랑하고 있다. 철수는 요즘 하루하루가 즐겁다. 예전에 있던 가벼운 편두통도 아픈 줄도 모르고 무기력한 대한민국의 고등학생이 아닌, 활기 넘치는 청춘의 사내로 기쁘게 살아가고 있다.

우리가 이야기를 시작할 때와는 전혀 달라진 철수의 모습. 사랑을 하면 사람이 바뀐다고 어느 위인이 말한 적이 있다. 철수의 이런 변화에는 역시나 호르몬이 관여를 하고 있다. 바로 엔도르핀(Endorphin)이다. 뇌하수체에 존재하는 엔도르핀은 사랑이 차츰 안정을 되찾아 가게끔 해준다. 일종의 마약과 같은 물질로 가벼운 통증을 없애주고 즐거움과 기쁨을 느끼게 해준다. 그에 따라 자연히 몸이 충만해지며 활기를 띠게 된다. 중국 역사에서 당나라의 전성기를 이룩하고 노쇠하여 무기력해진 당현종이 양귀비를 만나 활력이 넘치게 되었다는데, 이때 당현종 또한 엔도르핀의 영향을 받았는 것으로 보인다.

그런데 이렇게 여러 호르몬들이 분비가 되며 알콩달콩 백년을 살 것 같던 두 사람의 틈도 차츰 벌어지기 시작했다. 사귄 지 2년이 다 되어가는 그들에게도 권태기는 피해갈 수 없었으며, 대한민국의 고등학생이라면 반드시 거쳐야 되는 관문인 수능이 코앞이다. 철수는 죽어라 공부하는데, 수시로 이미 대학에 합격하여 여유가 있는 영희는 자꾸 문자로 철수의 공부를 방해한다. 영희는 그저 철수가 보고 싶을 뿐. 철수 또한 처음에는 이해를 했지만 이제는 슬슬 짜증이 난다. 덕분에 수능을 말아먹은 철수. 언수외 300의 철수가 수리에서 2문제나 틀려 버린 것이다. 철수는 수능이 끝나고 오는 일요일에 영희와 만날 약속을 했다. 철수는 이날 영희에게 헤어지자고 말하려고 독하게 마음을 먹었다.

드디어 일요일, 두 사람이 처음 만난 정류장에서 만난 두 사람. 철수는 영희에게 헤어지자고 말하려고 하였다. 하지만 영희의 얼굴을 보니 처음 버스에서 만난 일부터 시작하여 영희와의 추억이 머리에 하나씩 떠오르며 입이 벌어지지 않았다. 하지만 독하게 마음을 먹고 말을 꺼내려는데, 순간 영희가 철수를 꼭 안았다. 향수인지 그저 향기로운 냄새가 철수의 후각을 자극하고 그 자극이 철수의 대뇌에 영향을 미쳤다. 정말 짜증이 나고 싫어진 영희가 다시 사랑스러워졌다. 그 옛날 뜨거웠던 사랑을 나눈 시절보다 더 사랑스러웠다. 철수도 영희를 끌어안고 두 사람의 이야기는 해피엔딩으로 마친다.

영희 없으면 못 살 만큼 영희를 사랑하던 철수에게 왜 갑작스레 권태기가 찾아왔으며, 사랑하는 연인의 문자 몇 통에 짜증이 나고 헤어지려고 마음먹은 순간 겨우 냄새 때문에 다시 격렬한 사랑의 감정을 느끼게 되었을까?

미국 코넬대 인간행동연구소의 신디아 하잔 교수팀의 연구에 의하면

남녀간의 가슴뛰는 사랑은 18~30개월이면 사라진다고 밝혔다. 앞에서 말한 호르몬들은 2년 내외로 대뇌에 항체가 생긴다. 그에 따라 호르몬들이 더 생기지 않고 사라지기 때문이라고 한다. 이렇게 권태기가 오기 시작한 철수는 아직 가벼운 권태기였는데 수능 때문에 신경이 민감해진 상태에 영희의 문자가 이를 더욱 촉진시킨 것으로 보인다.

하지만 이런 권태기를 다 날려버리고 다시 뜨거운 사랑을 하게 만든 영희의 몸에서 났던 향기는 과연 무엇이었을까? 바로 페로몬(Pheromone)이다. 이 페로몬은 호르몬은 아니지만 몸 밖으로 방출하여 상대방에게 호르몬과 비슷한 작용을 한다. 페로몬에게도 여러 가지가 있는데 이 경우에는 이성을 유혹하는 성페로몬으로 보인다. 영희의 성페로몬의 자극으로 철수의 뇌에서는 대뇌의 항체를 뛰어넘는 호르몬이 분비되어 그렇게 격렬한 사랑을 다시 느끼게 된 것이다.

수능을 망쳤다고 생각한 철수도 영희와 함께 서울대에 나란히 합격했다. 여전히 알콩달콩 잘 사귀고 있는 이 커플은 앞으로 결혼하고 행복하게 살 것이 뻔하기에 둘의 연애 스토리는 여기서 막을 내리겠다.

이 이야기에 나온 호르몬들은 사랑이라는 감정에 영향을 끼친다. 하지만 이것들은 사랑을 느끼는 초기에 동물적 사랑을 부추길 뿐, 이것들이 연애의 주인공은 아니다. 사랑이란 인간의 감정 중 하나로써 대뇌가 아니라 뜨거운 가슴 안에 있는, 현대과학으로도 해결할 수 없는 그네들의 따뜻한 마음으로 하는 것임을 잊지 말아야 한다.

내분비선
분비물을 도관을 거치지 아니하고 직접 몸 속이나 피 속으로 보내는 샘

림프관
림프가 흐르는 관, 정맥과 비슷한 구조이며, 정맥과 같은 방향으로 흐른다.

표적기관
특정한 호르몬의 작용을 받는 특정한 기관

GnRH
시상하부에서 분비되는 호르몬, FSH와 LH분비를 자극한다.

파킨슨병
사지와 몸이 떨리고 경직되는 중추 신경계의 퇴행성 질환

대뇌 변연계
대뇌 피질 가운데 구피질과 고피질로 이루어진 부분

전구체
일련의 생화학 반응에서 A에서 B로, B에서 C로 변화할 때, C라는 물질에서
본 A나 B 물질

부신
좌우의 콩팥 위에 있는 내분비선

필로폰
무색 결정 또는 흰 가루의 냄새가 없는 환각제

항체
항원의 침입에 대항하여 혈청이나 조직 속에 형성되는 물질

옥시토신
출산 시 자궁 수축을 유발하여 출산을 돕는다.

Interesting Science Story

너나들이

남 현 진

너나들이

| 운수 좋은 날 |

〈질경이〉

정말 더럽기 짝이 없는 하루이다. 어떻게 이런 일이 일어날 수 있을까? 시에서는 뭐하는 거고 구청에서는 뭐하는 거야? 사람들이 이렇게 더럽게 노는데 주위에 클럽이나 술집은 왜 이렇게 많아? 정말 마음에 안 든다. 진짜.

정확히 밤 12시쯤이
었을까? 한창 주위에서
놀던 사람 한 명이 나를
보더니만 뚜벅뚜벅 다
가 왔다. 불길한 예감이
들어 도망가고 싶었지
만 식물이 아니던가 나는!! 젠장 발이 묶여 있다니……. 마치 많은 학생들이 겪는 일 중 하나인 문자 보내는데 선생님이 다가오는 느낌(?)이 이런 거였나? 아니 난 잘못을 안했잖아!! 그러던 도중 그 인간이 와서 일을 저질러 버렸다. 누가 지 먹은 것을 확인해 달라고 했나? 옆에 있던 얼굴 짱인 광나무와 왕코인 왕고들빼기 자식들은 웃느라고 정신이 없었다.

끝인가 싶었다. 하지만 아까 보여준 음식물은 3차 때 먹은 것이었나 보다. 곧 이어 2차, 1차…… 별로 대단하지 않은 음식들을 자랑하려고 보여줬다. 저주했다. 간이나 상해라고, 간이 상해서 나를 캐어 먹을 수밖에 없을 때 죽는 한이 있어도 약으로 안 줄 것이라고 저주했다.

꽝나무가 가지를 흔들어 막 맺은 꽃봉오리를 얼굴로 떨어뜨린다. 꽝나무의 꽃은 닫혀 있었지만 향기가 좋았다. 아니 원래 안 좋아했는데 그때 상황에서는 좋아할 수밖에 없었다.

한창 우울해 하고 꽝나무와 왕코에게 화풀이로 욕을 퍼붓고 잠을 자려는 순간 갑자기 저쪽 어딘가에서 수상한, 아니 너무 명백하게 보여 수상하다고 할 수밖에 없는 사람, 술에 취한, 아니 그냥 아주 술에 담겨서 잠수를 한 듯, 술에 젖은 쥐 모양으로 다가 왔다.

지이익, 쓱, 좌르르르르르, …… 다시 듣고 싶지 않은 소리다.

'아나 그냥 신장 결석으로 막혀 고생이나 해버려라! 또 신장에 하면 나지만 너 또한 내가 도와줄 일은 없다' 이런 저주를 쏟아지는 빗방울과 보다 강한 그 배설물을 맞으면서 생각하고 있을 때!

"꺄악~!"

옆에 있던 꽝나무가 소리 질렀다. 튀겼나 보다. 꼬시다, 가스나. 아까 그래 웃고 까불까불 거리더니…….

결국 모두 오줌을 맞았다. 뭐 그렇게 많이 누는지 평균량인 1.5L를 초과한 것 같았다. 남자는 힘이 빠진 듯 결국 주저앉아 버렸다. 그래도 정말 다행인 게 자기가 방출한 배설물과 저번 사람이 전시하고 간 토사물에 앉아 버렸다. 이건 정말 다행인 일이다. 그냥 갔으면 제대로 오줌 맞은 나는 정말 울었을 것이다.

잘 준비를 하고 머리를 말리던 짱나무, 안 그래도 못 생긴데 입 벌리고 헤헤거리던 왕코는 울상이 되었다. 왕코는 입에 조금 들어 갔는지 아직도 침을 뱉고 있다.

둘은 울상이 되어서 나 때문에 이런 일이 생겼다고 했다. 어이가 없어서 혈압이 급속도로 상승했다. 그래서 욕을 한바가지 했더니만 잠잠해졌다.

아무리 생각을 해봐도 이번 사건의 가장 큰 피해자는 나인 것 같다 한창 개화를 준비하던 때인데, 꽃의 향기가 묻히는 이런 어이없는 경우. 꽃을 피우는 때에 이슬이 와서 톡 안겨도 모자랄 판인데 어이 없는 오줌이 와서 나의 몸을 샤워시키는 이런 어이없는 경우를 어떻게 해야 할지 모르겠다.

어서 씻고 자야 되겠다.

아! 이런, 저기 한 사람 더 온다. 내일 시에다가 고발을 해야 되겠다.

〈광나무〉

아! 처음에는 기분이 좋았고 기뻤는데 말이야. 마지막에 그렇게 되어버려서 기분이 무척 나쁘게 되었다.

질경이에게 다가온 첫 번째 사람은 멀쩡하게 생긴 청년이었다. 아주 감각 있어 보였다. 호감이 가는 멋쟁이 스타일이었다. 나를 보고 반해서 다가오는 줄 알았다. 인사를 할 준비를 했는데 그만 질경이 앞에서 토를 해버렸다.

첫, 나에게 다가와서 유혹해도 안 넘어갈 예정이었다. 더럽게 숙녀 앞에서 토를 하다니 이해할 수가 없었다. 술을 많이 먹은 듯 보였다. 앞에서 담배를 피우면서 오더니 갑자기 올리는 것이 아닌가? 질경이는 마치 이때 이 사람을 보자마자 느낌이 안 좋았다고 했다. 당연히 자기에게 토를 할 사람인데 좋을 리가 있겠는가?

자신의 이름답게 질경이는 질기고도 끈적끈적한 토사를 뒤집어썼다. 한 번도 아니고 3번 정도인가?

그래 이때까지는 정말 웃기고 재미있었다. 왕코 녀석과 함께 질경이를 놀렸다. 물론 상황을 봐 가면서 놀렸다. 하지만 기분이 안 좋았던지 질경이 녀석은 바로 화를 내버렸다.

질경이는 어린 주제에 말이 험한 편이다. 감히 누나인 나보고 꽝나무라고 한다. 못생긴 주제에.

첫, 열을 받았는지 계속 꽝나무라고 불렀다. 이렇게 예쁘고 지조 있고, 몸매도 좋고, 현재 사회에서도 인정해 주는 약효를 가진 나에게 그런 말을 하는지 모르겠다. 하긴 짜리몽땅한 놈이고 기분도 나쁘니까 그런 말을 하는 거겠지?

내일이 토요일이라서 사람들에게 예쁜 모습을 보여주려고 스트레칭을 하던 중, 꽃봉오리가 떨어졌다. 질경이는 토 냄새를 맡다가 그 향기로운 꽃 냄새를 맡아서 그런지 아주 느끼

한 표정으로 느끼고 있었다. 아, 또 설마 질경이가 꽃 냄새에 유혹되면 안 되는데, 그럼 아픈 짝사랑만 하게 될 뿐인데…… 너무 장점이 많은 것도 탈인 것 같다.

스트레칭을 끝내고 깨끗이 샤워를 했다. 그리고 자려던 순간, 그때부터였다, 기분이 안 좋아 진건. 그가 다가 왔다. 딱 보기에도 이번에도 술에 절어 보였다. 딱 중년의 남자처럼 보였다. 벗겨진 머리에 튀어 나온 배, 그리고 노상방뇨.

이번에도 정확히 맞은 것은 질경이였다. 정말 웃겼다 잠시 동안은. 하지만 얼마나 그 수압이 강했는지 왕코와 나에게까지 튀기는 것이 아닌가? 아니 이런 경우가…… 싹 씻고 자려고 했는데 더럽게 왜 튀기는지 더럽은 왕코 녀석은 안 씻어서 그래도 뭐 덜 억울하겠고, 이미 토를 여러 번 뒤집어 쓴 질경이는 그것을 씻어 내리는 차원에서는 뭐 상쾌했을런지도 모른다. 하지만 나는 막 머리를 감고 자려던 순간인데, 아! 짜증나. 남자들은 이럴 때 정말 재수 없단 말이야!

아! 그 중년의 남자는 왜 여기서 오줌을 싸고 난리였던 거지. 쳇 그리고 정말 진상이었다. 힘이 풀려서 쓰러진 그 모습이란…….

결혼을 해도 저런 남자랑 결혼하지 않을 거다. 그리고 저런 남자한테는 신장에 좋은 약효를 주지 않을 것이다. 요새 유혹을 하려고 하는 건 너편 소나무는 저러지 않겠지? 아 너무 성품이 곧지만 매력 있단 말이야. 만약 만나면 선남선녀라는 소리를 들을 수 있을 것인데.

저기 한 사람이 더 온다. 오! 이번에는 무언가 다른 복장이다. 조금 더 가까이서 보니까 잘생긴 경찰이다. 요 발 밑에 쓰러진 중년 남자를 데려

갈 모양이다. 딱 밀착해서 보니까 소나무를 뛰어넘는 외모였다.

재빨리, 머리 모양새를 정리하고, 유혹적인 포즈를 취했다.

그러나 경찰관은 술에 취한 중년 남성만 데리고, 가버리는 것이 아닌가. 나 참 이런 절세 미녀를 못 알아보다니 참 운이 없는 사람이라고 느꼈다.

에휴, 전부 다 자고 있다. 쳇 왕코 놈은 원래 늦게 자는데, 오줌을 먹어서 그런지 더럽게 침을 질질 흘리면서 자고 있다. 저러다 숨구멍을 막으면 어쩌려고 그러는지 참……

이만 쓰고 자야 되겠다.

〈왕고들빼기〉

으히히히…… 아우 짜. 퉤퉤!
질경이 녀석한테는 미안하
지만 정말 웃겼다. 단 그 노란
액체의 맛을 본 섯에 대해 실
경이 탓을 조금 했다. 그러고
나니까 질경이 녀석이 막 욕을

하는 게 아닌가? 쳇, 어쩔 수 없지만 그만 놀려야 되겠다. 질경이 녀석의 성격은 더러워서 더 놀렸다가는 싸움 날 뻔했다.

아, 왜 이렇게 힘들지? 아직 잠 잘 시간이 아닌데 나는…….

역시 조금 있으니까 다시 잠이 깼다. 다들 힘든 경험을 해서 그런지 모두들 뻗어 있었다. 심심하게 왜 다 자는 건지 모르겠다. 한밤중에 깨어 있으면 정말 새로운 기분인데…….

둘러보던 중 커플이 있었다. 저기 멀리서 걸어 왔다. 왠지 샘이 났다. 나는 이때까지 누구의 고백도 들어 본 적이 없고 사랑도 받지 못했는데, 어느 새 한 살이 지났다. 생각해 보니 이제 곧 결혼할 때가 된 듯한데. 이쁜 각시가 없다. 왜 없는지 생각을 하던 중 갑자기 서럽기도 하고 우울하기도 했다. 그래서 커플이 갑자기 미워졌다.

마침 커플은 바로 앞에 있는 2·28공원 주위의 벤치에 앉았다. 그러고 나서 이야기를 하는 듯했다. 약이 올라서 미칠 것 같았다. 처음 보는 사람인데 왜 이런 느낌이 생기는 건지 모르겠다.

곧이어 남자는 여자의 볼에 대고 뽀뽀를 하기 시작했다. 더 이상 보기 힘들었던 나는 하늘에다 대고 '저 커플 꼴불견이니까 비 좀 내려서 더 이상 만나지 못하게 해 주세요' 라고 빌었다. 뽀뽀가 계속 되던 중 갑자기 커플이 이상했다. 헉 저것은 설마 말로 만 듣던 그…… 키스인가?

하지만 곧이어 내가 하늘에다가 빈 대로 비가 내리기 시작하는 것이 아닌가? 와, 세상이 내가 원하는 대로 되다니 놀라웠다. 더 놀라운 것은 비에 굴하지 않고 스킨십인가? 그걸 하는 저 커플들…… 눈에 불이 나는 것 같았다. 그래서 비가 더 많이 아주 저 커플들이 안 떨어지고는 못 배기도록 내려 달라고 빌었다. 그리고 나서 잠시 후 정말 비가 억수같이 오는 것이 아닌가?

정말 신기했다. 그제서야 커플들은 비를 피해 가기 시작했다. 커플들이 사라지니 좀 미안하기도 했다. 혹시나 감기에 걸려 열이 나지 않을까? 만약에 열이 난다면 해열 성분을 지닌 뿌리를 빌려줘야 되겠다는 생각을 했다. 하늘에다 빈 두 가지 소원이 다 이루어지다니 정말 신기했다. 그래서 이번에는 마음씨 좋은 여자 친구를 옆으로 보내 달라고 빌었다. 잠시 눈을 감았다가 뜨니 정말로 여자 왕고들빼기가 있는 것이 아닌가? 너무 놀라서 어찌 할 바를 몰랐지만 말을 걸어 보았다. 그제서야 깨달았다, 하늘은 내가 말한 대로만 소원을 들어 주신다는 것을. 정말 마음만 예쁜 왕고들빼기인 것 같았다.

다시 소원을 빌었다. 이번에는 예쁘고 마음씨 좋은 왕고들빼기를 보내 달라고 했다.

곧이어 다시 새로운 왕고들빼기가 생겼다. 우와 이번에는 진짜 예쁘고 마음씨 좋은 왕고들빼기인가 했더니 여자가 아니었다. 그제서야 여자라는 말을 빠뜨린 것이 생각이 났다. 왜 이렇게 바보같이 한 개씩 자꾸 빠지는지 궁금했다. 그리고 눈치 없는 하늘은 계속 나의 소원의 진짜 뜻을 파악 못하고 말하는 대로만 해주는지 화도 나고 짜증도 났다.

이번에는 진짜 제대로 이쁘고 마음씨 좋고 이쁜 여자 왕고들빼기를 보내 달라고 했다. 역시 눈을 깜박이는 동안 새로운 왕고들빼기가 생겨 있었다. 하지만 무엇인가 이상했다. 왜 이쁘고 마음씨는 좋은데 여자가 아닌…… 흠! 왜 자신과 비슷한 왕고들빼기만 보내 주는지 궁금했다. 가만히 생각하던 중 그제서야 깨달았다.

왕고들빼기는 암수 한 몸인 식물이었던 것이다. 아, 이렇게 허무할 때가 있다니, 그리고 멍하게 보내던 순간 깨달았다. 자신이 인기가 없었던 게 아니라는 것을.

　　이렇게 단순하게 생각할 수 있는 내가 신기했다. 그 순간 숨이 막히기 시작했다. 아까 내리게 해달라고 한 비를 멈추게 하는 것을 깜박했기 때문이다. 어느 새 비는 나의 숨구멍을 조이고 있었다. 생명의 위협을 느낀 나는 다시 소원을 빌었다. 하지만 몸에 힘이 빠지는 것을 느꼈다.

　　지금 일기를 쓰고 있을 때가 아닌 것 같다.

| ♫ 그만 해주면 안 되겠니? ♫ |

〈달맞이꽃〉

요즈음 접시꽃이 자꾸 짜증을 낸다. 왜 그런지 모르겠지만 기분을 좋게 해주려고 노력을 하는 중이다.

내가 살 빼는 데 도움이 된다는 우리 집안 극비의 씨앗 기름을 가져다 주면 좋아하겠지? 아무튼 요즈음에 접시꽃한테 잘 보이기 위해 노력을 하고 있다.

요즈음 살이 쪄서 고민을 하고 있는 접시꽃을 내가 좋아해서 이러는 것은 아니다. 사실 접시꽃에게 약점이라는 것이 잡혀 있기 때문에 어쩔 수 없이 이러는 것이다. 이번

에 그 기름을 주는 대신에 더 이상 약점 이야기는 없도록 해야 되겠다.

사실 몇 달 전에 성적표가 나올 때의 이야기이다. 성적이 안 좋았던 나는 방학 때 놀고 싶었고 놀기 위해서는 좋은 성적이 필요했다. 그래서 결정한 것은 성적표 위조였다. 음…… 사실 접시꽃의 성적이 매우 잘 나오기 때문에 부탁한 것이다. 친구의 부탁이라서 거절을 할 수 없었던지 순순히 성적표를 내놓았다. 그 성적표를 일단 복사시킨 다음 원본은 다시 돌려주었다. 사실 원본은 접시꽃이 필요하기도 하고 실질적으로 나에게는 필요 없기 때문이다. 복사본을 오려서 약한 풀로 내 성적표에 붙

였다. 그리고 나서 다시 복사하였다. 이렇게 완성한 완벽한 위조 성적표! 그 성적표는 아무리 생각해도 완벽했고 나는 편안한 방학을 보낼 수 있었다. 그때의 기분은 마치 시험이 끝난 것 같은 기분이었다. 하지만 그 덕분에 나는 그 약점에 시달리고 있고, 지금의 기분은 마치 양치질을 하고 귤을 먹은 것처럼 찝찝하고 씁쓸한 그런 기분이다.

접시꽃은 약 한 달 전부터 그때 있었던 성적표 위조 가지고 약점을 잡고 있다. 어제부터는 계속 짜증을 내면서 자꾸 이것저것 부려먹는다. 왜 이렇게 심보 고약하게 구는지 모르겠다 나를 약올리는 게 그렇게 재미있는가? 어쨌든 다이어트에 도움이 되는 우리 가문의 씨앗 기름을 가져다주면 이제 착하게 대해주겠지. 달이 차오르는 밤에 일기를 쓰면서 올려다본다. 그리고 외친다.

"그만해라, 이제!"

〈접시꽃〉

아~, 배도 아프고 짜증도 나고 해서 달맞이꽃에게 온갖 짜증을 다 내었다.

요즈음 생리 기간이라서 그런지 조그마한 행동에도 짜증이 나고 신경이 날카로워지고…… 이런 것이 감당이 안 된다. 달맞이꽃과는 어렸을 때부터 친구라서 그

런지 자꾸 맘이 편해져서 마구 짜증을 내었다. 친한 친구끼리는 이러면 안 되는데 나도 모르게 그런 짜증이 나왔다. 사실 그 녀석은 나에게 빚 진 것이 있기 때문에 내가 마음만 먹으면 자신을 흔적도 없이 지워버릴 수 있다는 것을 안다. 그래서 요즈음 달맞이꽃은 나의 시중을 들고 있다. 내일은 또 무엇을 시킬까 미안하긴 하지만 내가 몸이 좀 괜찮아질 때까 지는 이런 식으로 부려 먹어야 되겠다.

이놈의 생리통은 나를 왜 이렇게 괴롭히는지, 내일 아무래도 우리 가 문에 내려오는 비밀의 약을 만들어 먹어야 되겠다. 그 약은 바로 접시꽃 의 풀과 뿌리 등을 이용한 것이다. 그 약은 소문으로 듣기에 정말 통증 을 싹 없애준다고 하는데 진실인지 아닌지는 직접 먹어 보아야겠다.

쳇, 남자인 달맞이꽃에게 약을 구해오라고 할 수도 없고…… 어쨌든 요즘에 기분은 그냥 꽝이다, 꽝. 아주 그냥 달이 빵빵하게 차오르는 게 내 짜증도 빵빵하게 차올라서 터질 것 같다.

| 뜨거운 게 싫은 국화 |

〈국화〉

어떤 젊게 보이는 여자가 가게 안으로 들어오더니 주인 아주머니와 이야기를 한 뒤 나를 들고 나갔다. 새롭게 출발한다는 설렘과 지금까지 자라고 놀던 곳을 떠나다니 아쉬움이 남았다. 하지만 새로운 출발을 한다는 것이 이렇게 재수가 없을 줄은 몰랐다.

가게 문을 나설 때부터 일은 시작되었다. 전봇대 위에 있던 새가 갑자기 날아 오르면서 똥을 싸고 가는 게 아닌가. 더군다나 그 똥이 근래에 핀 나의 꽃에 떨어졌다. 아, 정말 기분이 더러웠다. 새 주인은 내가 똥을 맞았다는 사실을 모르나 보다. 이때까지는 액땜했다는 것으로 위안을 삼았다.

하지만 곧이어 새 주인은 카페에 들어갔는데 그곳 탁자에 나를 두고 화장실에 갔다. 그때 얼굴이 호박만한 아이가 와서 잎을 뜯는 것이 아닌가?

정말 아파 죽을 뻔했다. 잎이 뜯겨지는 것은 인간으로 치면 팔다리가 뜯기는 건데 너무 생각 없이 막 뜯어버리는 아이가 원망스러웠다. 곧 아이의 엄마가 말리기 시작했고 새 주인도 돌아 왔다. 마침내 꽃잎에 묻은 똥을 발견했는지 휴지로 닦아 주었다. 하지만 휴지가 이미 무엇이 묻어 있었다. 그랬다. 그 휴지는 주인이 코를 풀었던 휴지였던 것이다. 일부러 그런 것 같지는 않았지만 기분이 좋지 않았다. 하지만 더 충격적인 것은 계산을 하던 때에 마침 옆 사람의 화분과 헷갈려 화분을 바꿔서 가지고 갔다는 것이다. 결국 나는 주인을 하루아침에 두 번이나 바꾼 셈이 되었다. 기분이 묘하였다.

카페에서 만난 새 주인은 꽃이 바뀐 것을 알아차린 듯해 보였으나 그냥 나를 키우기로 결심한지 다시 카페로 가지 않고 곧장 자신의 원래 목적지로 갔다. 가던 중에 주인은 돌부리에 걸려서 넘어지고 말았다 그 덕분에 줄기와 꽃이 상해 버렸다. 국화라는 꽃의 체면을 다 구겨 버린 듯해서 조금 창피하기도 하였다. 하지만 주인은 나의 이런 마음을 아는지 모르는지 나를 대충 정리하고 난 뒤 자신의 목적지로 계속 갔다.

그때까지 목적지가 어딘지 몰랐는데 어느 새 한약방이라는 곳에 와 있었다. 그곳에서 주인은 어떤 사내와 이야기를 하였다. 뭐 차를 달이는 방법을 묻는 것 같았다. 차 하면 바로 국화차인데…….

"자네 요즘 두통이 있지 않나? 그렇다면 국화가 딱이지!"

무엇인가 불길한 예감이 이때부터 스쳐왔다.

어느덧 해는 저물고 앞에는 집이 있었다. 곧이어 집 안으로 들어가게 되었고 탁자에 놓여지게 되었다. 집은 꽤 깨끗한 편이였다. 혼자 사는 듯해 보였다. 주인은 어느덧 인터넷에 들어가서 무엇인가를 검색하고 있었다. 에이 설마 나를 차로 해먹지는 않겠지 라는 생각을 했다. 하지만 나의 불길한 예감은 적중했다.

주인은 어느덧 물을 끓이고 있었다. 아직 세상에 나와 할 일이 많은데. 주인에게 팔려 가자마자 여러 가지 일을 당하며, 결국 하루 만에 죽음을 당하는 꼴이라니 곧 있으면 저 뜨거운 물에 나의 육신을 담가서 펄펄 끓이겠지.

세상이 정말 험한 곳이라는 것을 하루만 나와 있었는데도 알 것 같다. 그리고 그런 세상을 알자마자 저 무서워 보이고 뽀글뽀글거리는 곳에 투신을 해야 되다니 정말 억세게 운이 없는 놈이다. 정말. 아, 저 주인이 다가 오고 있다.

"뜨거운 게 싫단 말이야!"

| 4랑, 이렇게 슬픈 별이 빛나는 날 |

1998월 4월 7일

앞에 한 소녀가 있었다.
같은 또래로 보이는 그 소녀
는 나의 등에 기대어서 깔깔
웃었다. 자기 체구에 딱 맞
는 나무가 있다면서, 살짝
자존심이 상했다. 그래도 명
색이 나무인데, 아직 나이가

많지 않다 보니까 그다지 크지는 않다. 하지만 그녀와 함께 있으면서 생
각해 보니 그 말이 그다지 기분이 나쁘지만은 않았다.

남에게 기쁨이 될 수 있다는 것, 그 뿌듯함은 내가 그 소녀를 만나면
서 깨달은 첫 번째 감정이다. 같이 있으면서 어딘가 이상한 기운이 느껴
졌다. 다른 사람들과는 다르게 기침을 유난히 많이 하는 그녀, 왠지 모르
게 아파 보였다 하지만 그녀의 밝은 성격 탓일까? 그녀의 아파 보이는
면은 금세 잊혀졌다.

많은 사람들이 공원에 나와 있었다. 그중에는 일자리를 잃은 사람들
아니면 잠깐 쉬려고 온 사람들 등이 있었다. 그런 많은 사람들 가운데서
그녀가 나에게 와서 기대어 이야기를 하는 것, 그건 정말 행운이었던 것
같다. 다음에 또 온다는 그녀의 목소리를 다시 듣고 싶다.

4월 12일
♂

매일매일 오는 그녀지만 오늘 느낌은 무엇인가 특별해 보였다. 그녀가 도시락을 싸왔다. 그리고 손에는 CD플레이어가 들려져 있었다. 신화 1집…….

아마도 그녀는 신화라는 가수 그룹의 팬인 것 같다.

도시락을 먹으면서 CD플레이어를 듣는 그녀의 모습은 정말 아름다워 보였다. 노래를 흥얼대는 모습조차도 아름다워 보였다.

사실 며칠 전부터 느낀 거지만 내가 아무래도 그녀를 좋아하는 것 같았다. 하루종일 그녀를 생각하고, 그녀가 언제 올 건지 아침부터 계속 기다리고 있다. 내 생각에 아마 그녀도 나를 좋아하는 것이 틀림없다. 그렇지 않으면 왜 계속 나의 곁에 앉아 있을까?

왼쪽 이어폰을 왼쪽에 끼고 나머지 오른쪽 이어폰을 내 곁에 가져다 주었다. 비록 들을 수 없지만 그녀의 마음이 전달되는 것 같았다.

그러던 그녀가 갑자기 쓰다듬으면서 말하였다. 못 올 것 같다고, 잠시 먼 데 여행을 갔다가 온다고 했다. 그리고 기다리지 말고 걱정도 하지 말라고 하였다.

무슨 뜻인지 몰랐지만 슬펐다, 너무 슬퍼서 눈물이 나오지 않고 그냥 멍하기만 하였다. 그랬다. 그냥 그 상태로 그녀를 떠나 보냈다. 마치 봄날의 하루처럼…….

슬펐다. 그냥 누군가를 좋아하고 떠나보냈을 뿐인데. 사람들은 이런 아픈 감정의 놀이를 왜 자꾸 하는지 모르겠다.

2009년 4월 7일 화요일

♂

그녀가 떠난 자리에 새로운 나무 한 그루가 심어진 지 어느새 10년이 훌쩍 흘렀다. 꼬마 주제에 제법 빠르게 성장하는 그 애를 보니 어느새 그녀 생각이 난다.

어딘가 그녀와는 사뭇 다른 모습으로 존재하는 꼬마는 모습은 다를지 몰라도 비슷한 느낌을 주는 성격을 가진 것 같다.

그녀는 이미 떠났지만 나의 옆에 있는 그녀 같은 꼬마를 보니 마치 나의 옆에 아직 기대어 있는 것 같았다.

10년 전쯤이었다. 그녀와의 첫 번째 만남은 아주 우연처럼 시작되었다. 그때 그녀는 심한 폐렴을 앓고 있었다고 한다. 그때는 그냥 어딘가 살짝 아파 보이고 기침을 많이 한다고 느꼈는데, 그녀가 세상을 떠나고 나서 이웃집 플라타너스 아주머니께서 그녀가 폐렴에 걸려 있었다고 이야기해 주었다. 미리 알게 되었다면 은행 열매를 구해 도와주었을 텐데…… 그런 그녀의 성격을 쏙 빼 닮은 꼬마 녀석이 있으니 그녀 생각이 더 많이 난다. 하지만 징징댄다는 것이 문제이다. 귀찮아 죽겠는데 왜 이렇게 달라 붙는지 모르겠다.

♀

아저씨는 키도 크고 어깨도 넓고 일단 무엇보다 잘생겼다. 그래서 그런지 주위의 다른 사람들한데 인기가 많다. 항상 누군가 챙겨 주는 사람이 있다.

민망하지만 난 그런 아저씨가 좋다. 아니 좋아하는 것과는 조금 다른 그런 감정인 것 같다. 그래서 아저씨에게 막 말을 걸고 해보았는데 아저씨의 반응은 좋지 않다. 약간 귀찮아하는 것 같았다. 그래서 주위의 플라타너스 아주머니에게 물어보았다. 그런데 아주머니도 아저씨가 어떤 종류의 은행나무를 좋아하는지 모른다고 하셨다. 그래서 혹시 사귄 사람은 있는지 물어보았다. 그러자 아주머니는 은행나무 아저씨가 예전에 사랑하던 사람이 있다는 이야기를 해주었다. 그리고 또 둘이 어떻게 해서 헤어졌는지 이야기해 주었다.

다 듣고 나니 나도 모르게 눈물이 나왔다. 아저씨가 그런 슬픈 사랑을 했는지 몰랐다. 아픈 기억을 가지고 있는 아저씨의 마음을 열 자신이 없어졌을 순간에, 아주머니는 말씀해 주셨다. 예전에 그녀는 나와 좀 닮은 구석이 있었다는 것을…….

4월 15일 수요일

♂

예상치 못한 고백을 받았다. 꼬마가 그렇게 용감할 줄 몰랐다. 이때까지 누구에게 고백을 받아 본 적이 없는 나라서 많이 떨렸다. 사실 불안했다. 이 아이를 내가 책임질 수 있을까? 나이 차가 적지 않은데……

꼬마의 매력은 다른 은행나무의 고백을 받기도 충분한데 왜 나에게 고백했는지 이해가 잘 되지 않았다. 하지만 분명이 느낀 것은 나도 꼬마에게 어느 정도의 감정이 있었다는 것이었을까? 그동안에 서로 이야기했던 시간들의 무게 때문일까? 얼떨결에 그냥 고개를 끄덕였다.

아이도 나의 이런 반응을 예상하지 못했는지 멍해 하는 표정을 보였다.

어색했다, 너무 어색해서 손발이 오그라들 지경이었다. 10분이 그렇게 긴 시간인지 처음 깨달았다. 그래도 남자인 내가 말을 먼저 걸었다. 그리고 나서 또 침묵이 흘렀다. 이 침묵이 너무 너무 싫었다.

♀

사실 고민을 많이 했다. 좋아하는 입장에서 상대방이 고백을 먼저 해주기를 바라는 것은 정말 밑도 끝도 없는 기대인 것 같아서 그냥 내가 저질렀다. 아저씨는 얼떨결에 고개를 끄덕인 것 같았다. 나에게는 잘된 일이지만 아저씨에게 안 좋은 일로 다가갔을지 걱정이 되었다. 어색한 침묵이 흘렀다. 그래도 아저씨가 먼저 말을 걸어 주었다. 이렇게 창피했던 적은 태어나서 처음이다. 어색한 침묵이 흐르고 흘러 어느덧 해는 서쪽 지평선 위로 돋아난 건물 파편들에 걸려 있었다. 같이 밥을 먹자고 제안을 했다. 땅 속에 박힌 아저씨의 뿌리는 까끌까끌 했다. 같은 쪽의 땅에서 영양분을 빨았다. 밥을 먹고 나서 함께 바람을 쐬었다. 저녁이라서 그런지 봄바람 치고는 꽤 쌀쌀했다.

아저씨와의 어색함을 덜기 위해 말을 많이 걸었다. 너무 많은 이야기를 했던 탓일까? 무슨 이야기를 하였는지 잘 생각이 나지 않았다. 하지만 그 순간 그 느낌은 아직 느껴진다.

4월 25일
♀

행복한 시간으로 가득 채워도 모자랄 판에 걱정하고 있는 아저씨에게 무슨 걱정을 그렇게 하고 있는지 물어봤다. 아무것도 아니라는 아저씨 말에 조금 실망하기도 하였다. 아직도 나를 어린애로 생각하고 있었던 것일까? 아니면 나에게 말해주지 못할 비밀이라는 것도 있다는 것일까? 실망스럽고 화가 나기도 했지만 아저씨에게 격려의 말을 해주었다. 격려가 될지도 모르겠지만 말이다.

어느덧 보니 개화 시기도 다가오고 있는데 아저씨는 우리들 열매 문제에 대해 말이 없다. 왜 그런 것일까? 나에게 아직 마음을 다 열지 않았나? 솔직히 요즘 들어서 고민만 하는 아저씨를 보며 여러 가지 생각이 난다. 어떤 것인지는 모르겠지만 같이 해결할 수 있으면 좋겠다는 생각을 했다.

♂

시에서 발표한 계획은 나를 당황하게 했다. 큰나무들 옮겨 심는 계획……. 소문은 무성하게 났지만 실제로 이목을 시킬 줄은 몰랐다. 걱정이 앞서 온다. 꼬마와 이제 어색함을 덜고 연인같이 이야기를 할 수 있게 된 지도 얼마 되지 않았고, 아직 좋은 추억도 만들지 못하였고, 기억에 남는 고백 한 마디하지 못하였고, 아직 좋아한다, 사랑한다, 말 한 마디를 하지 못했는데 벌써 헤어져야 하는 시간이 오다니 이건 말이 되지 않았다.

건너편의 남씨가 이미 옮겨졌다. 아마도 크기 순으로 하는 모양인데, 아마도 내 차례가 얼마 남지 않은 것 같다.

2010년 4월

어느 덧 그곳을 떠나온 지 1년이 지났다. 그 꼬마아이는 무엇을 하고 있을까? 그리고 그때 그 꽃, 열매를 맺었을까? 내가 떠난 빈 자리를 누가 채울까? 이런 저런 고민을 하고 있었다. 이곳은 도시 중심부에서 벗어난 외곽이라서 그런지 공기도 깨끗하고 깨끗하게 관리도 잘 되어 있었다. 여러 가지 생각이 겹쳐 지나갔다. 그때 열매를 맺어서 공원 관리 아저씨에게 줄 거라고 했는데, 이곳 수목원에서 팔리고 있는 은행 열매를 보니, 예전에 관리 아저씨 생각도 나고 그랬다.

수목원에서는 다른 나무들이 각각 자기 짝을 찾아 행복하게 지내고 있었다. 하지만 나는 1년 동안 그러지 못하였다. 아직 그 꼬마아이의 빈 자리가 너무 컸던 탓에 메우는데 시간이 너무 오래 걸리는 것 같다.

그때 일이 아직도 생생하다. 마지막 이별을 웃으면서 한 것을 보니 아마도 내가 옮겨 심어질 것을 그 전에 알고 있었던 모습이다. 사실 난 옮겨지면서 울었다. 갑자기 눈물이 터지는 것을 막을 수가 없었다. 그 아이 생각에 울었다. 내가 첫사랑일 텐데, 꼬마에게 안 좋은 기억만 남게 해준 것 같아 미안한 마음에 아직도 밤에 별을 볼 때 갑자기 눈물이 고여 흐려지곤 한다.

꼬마는 지금 어떤 생각을 하고 있을까? 늦은 밤 달빛이 비추는 이곳에서 꼬마가 그립다.

우

어느덧 1년이 다 되어간다. 사실 나는 이별할 것을 알았다. 1년 전 이별하기 이틀 전쯤이었지 싶다. 그때도 역시 아저씨는 걱정과 불안에 휩싸여 있었다. 너무 걱정이 되고 사실 화가 많이 났었던 것 같다. 그래서 플라타너스 아주머니께 무슨 일인지 물어보았다. 아주머니께서는 잠시 망설이는 듯하였다. 아마도 아저씨가 말을 하지 말라고 한 것 같았다.

그래도 계속 졸라서 어떻게 된 일인지 배경 이야기를 들었다. 놀랐다! 사실 할 말이 없었다. 그때에는 그냥 너무 놀라서 얼빠진 표정으로 있었던 것 같았다. 하지만 아저씨와 함께할 날이 얼마 안 남은 것, 그것을 깨달은 후에는 정신이 번쩍 들었다. 순간이 아까워서 그랬던 것 같았다. 그래서 많은 추억을 남기려고 했으나 생각만큼 잘 되지는 않았다.

이별하는 날 아저씨는 그 큼지막한 기둥과 뿌리가 다 뽑혀진 채 트럭에 실렸다. 웃음을 지었었다. 그 순산에는 너무 빨리 밀어져가는 트럭……. 사실 나는 그게 눈물 때문에 흐리게 보이는 줄 몰랐다. 트럭은 천천히 갔고, 내 눈물은 트럭보다 더 빠르게 흘러 내렸다. 아저씨는 못 본 듯했다. 그리고 아저씨가 떠나간 후 얼마 지나지 않아 꽃을 피우게 되었고, 여름, 가을을 거치면서 열매를 맺게 되었다. 아저씨는 내가 열매를 맺게 되었는지 알게 되었을까?

작년 이맘쯤에 사귀었는데, 요즘 들어 더욱더 그리워진다. 아저씨가 떠난 자리에 새로 심겨진 꼬마 나무를 보면서 아저씨와의 시간들을 회상해 보았다. 사실 좋은 추억을 많이 만들지 못해서 그런지 주위에서 보기에는 조금 허무하기도 한 사랑으로 보일지도 모른다. 그리고 아직까지 사랑하고 있는 중이라고 하면 사람들은 비웃을지도 모른다.

그러나 사랑은 마음으로 하는 것이라고 굳게 믿고 있기 때문에 거리는 중요하지 않다고 생각한다. 지금쯤 아저씨의 모습은 어떻게 되었을까? 까칠한 수염을 아직도 기르고 있을까? 아직도 별을 보고 있을까? 별을 좋아하는 아저씨를 생각하면서 이 밤을 잎에다가 실어 그 아저씨께 보내 본다.

Interesting Science Story

Silver x

박 순 열

아무것도 없었다. 시간도 공간도 빛도 어둠도…….

시간이 흘러가기 시작하고 공간이 생겨나기 시작한다. 빛과 어둠이 나타난다.

빛은 내면에 담아둔 응어리진 힘을 어둠을 향해 쏟아낸다. 사방팔방으로 퍼져나간다.

빛은 어둠을 가르고 어둠은 빛을 가르며 우주는 시작된다.

어둠에 흩뿌려진 빛은 차츰 그 자리를 잡아간다. 서로가 서로를 밀고 당기며 아름답게 뭉쳐간다.

빛들은 그렇게 수천억 개의 별들이 되어 은하를 이룬다. 마치 우주라는 공간을 막대로 휘저어 놓은 듯하다.

어둠은 빛들을 맴돌며 부딪치고 뭉치고 떨어지고 변하면서 행성들과 위성들이 된다.

"삑."

CPU가 가동된다. 렌즈와 여러 가지 작은 시각 센서들로 구성된 눈이 시간과 공간을 인지한다.

눈으로 인지한 정보는 가느다란 광섬유를 따라 CPU로 전달된다. 해가 서서히 떠오르고 있는 아침이다. 기온은 40℃, 습도는 30%, 활동하기 딱 좋은 날씨이다.

눈을 향해 CPU에서 다시 정보를 보낸다. 광섬유를 따라 전기신호가 눈꺼풀로 이동한다. 눈꺼풀은 작은 모터를 통해서 위아래로 움직인다.

목성산 액화수소를 마신다. 잠시 후 수소가 산소와 반응하여 에너지와 물이 만들어진다.

간단하게 몸을 풀고 모니터 앞에 앉아서 오늘의 뉴스를 본다.

"신종악성바이러스가 빠른 속도로 확산되고 있습니다. 일반 로봇들이 우려할 만큼 강한 바이러스는 아니지만 구형 로봇이나 아직 충분히 패치되지 않은 신상 로봇들은 조심해야 할 필요가 있다고 합니다. 신종악성바이러스에 감염된 로봇의 급격한 증가로 정부는 신종악성바이러스 백신프로그램의 공급 확대에 착수했다고 합니다.

의회의 여야 간 이권 다툼이 계속되고 있습니다. 미디어 콘텐츠 프로그램에 대한 국가의 개입안이 도마에 오른 지 두 달이라는 시간이 흘렀지만 아직도 합의를 보지 못하고 몸싸움만 늘어나고 있습니다.

야당에서 메인시스템을 장악하려 한다는 소문이 공공연히 떠돌면서 메인시스템의 경비가 강화되고 있다고 합니다.

데이터 칩의 도용과 크래킹이 급증하면서 사회적으로 큰 혼란이 일고 있습니다. 데이터 칩이 범죄 로봇들의 손에 악용되면서 피해 로봇들의 민원이 속출하고 있고 해커들의 잇단 크래킹으로 메인 시스템의 운영에도 일부 차질이 생기면서 그에 따른 피해가 하나 둘씩 생기고 있다고 합니다. 경찰 당국은 현재 범죄 로봇들과 해커들의 검거에 온 힘을 쏟고 있다고 합니다.

철, 알루미늄, 실리콘 등의 원자재 값이 치솟으면서 신생 로봇들의 출고가 줄어들고 있습니다. 전문가들은 전부터 점진적으로 감소해 오던 신생 로봇 출고 비율이 이번 원자재의 가격 상승으로 감소율이 더욱 증가함으로써 로봇 고령화 사회가 더 빨리 진행되고 있다고 경고하고 있습니다……."

낭랑한 아나운서 로봇의 소리가 들려오는 모니터 너머의 창 밖은 건물들과 도로와 레일이 사방으로 눈부신 은빛을 발산하고 있다. 앞을 제대로 감지하지 못할 정도로 눈부시다. 거기에다가 한 치의 오차도 없이 딱딱 정리된 도로와 건물들, 교통 시스템에 따라 일정한 간격으로 지나가는 셔틀들은 유유히 그 질서를 유지하고 있다.

우주의 광활한 공간 속 어느 미미한 지점에 지구라는 작은 행성이 있었다. 하얀 수증기와 푸른 물로 덮여 푸르스름한 색을 띠고 있다. 산소와 수소, 탄소가 풍부한 이곳에서 태양계 너머 다른 행성에서 우연히 지구로 왔는지, 무생물 상태에서 생물로 변하였는지 모르는 생명체라는 존재가 나타났다.

단순한 생명활동 기능만을 갖춘 단세포생물에서 뻗어가고 뻗어가 해면, 해조류가 나타나고 시간이 지나면서 어류, 양서류, 파충류, 조류, 포유류 등이 나타났다.

시간이 지나갈수록 생명체는 점점 복잡해져 갔고 점점 커져 갔으며 점점 그 개체 수가 많아졌다.

생명체는 그렇게 발전해 나갔다.

눈부신 차가움을 지닌 이 도시의 거리를 며칠 전 다리에 새로 장착한 신형 롤러부스터를 가동해서 학교로 유유히 나아간다.

기온은 여전히 시간이 지남에 따라 상승하고 있지만 도시 면면의 분위기는 생동감 없이 차갑기만 하다.

광장에는 평소보다 많은 청소 로봇들이 청소를 한다.

아마 재개발로 충분한 보상을 받지 못하고 집을 잃은 로봇들이 어젯밤에 시위를 하였으리라. 부서진 고압 전기 충격기, 어디서 떼어낸 듯한 쇠막대기와 철판 등의 잔해물이 어제의 치열함을 말해 주고 있었다.

광장을 지나 조금 더 가서 학교 교문 앞에 도착했다.

학교라고 하지만 대부분의 학생들은 학교를 시간 때울 목적으로 다니는 경우가 허다했다.

남다른 열의를 가지고 학교에서 지식을 얻어가려는 학생들은 극소수다.

학교 주변에 학교에서 얻는 내용들을 정리해서 파는 전문 데이터 상점이 암암리에 많이 존재하고 있기 때문에 학교보다는 데이터 상점에 의지하는 학생이 많다.

사립학교에는 그나마 학생들을 붙잡아 놓고 정성을 다하는 교사 로봇이 몇몇 있었지만 공립학교에서는 학생들과 선생들 모두가 의욕 없이 정규시간만 채우고 집에 가기 일쑤였다.

힘 있는 집안의 로봇들은 일반 로봇은 엄두도 못 낼 정도로 비싼 가격의 데이터 메모리칩을 설치하여 지적 수준을 높여서 일반 학교에서 배우는 것보다 수준이 훨씬 높은 정보들을 제공하는 명문 학교를 다닌 경우가 대부분이었다.

뛰어난 일반 로봇이 다니는 경우도 더러 있었지만 힘 있는 집안 로봇들의 따돌림으로 자퇴를 하는 경우가 많았다.

이에 반해 가난한 집안의 로봇들은 충분한 장치성능을 갖추지 못하고 학교를 다닐 만한 집안 형편도 못 되어 배우고 싶어도 배우지 못하는 로봇이 많았다.

명문 학교를 졸업한 로봇들은 하나같이 사회의 높은 자리로 진출하여 각 명문 학교나 지역 별로 뭉쳐서 활동을 하고 가난한 로봇들은 열악한 환경에서 적은 보수로 일하는 것을 보여주듯 학교 담장 너머로 첨단 사이버 고층 건물들이 우뚝우뚝 솟아 있는 부자 로봇 동네와 칙칙한 기운이 감도는 구식 건물들이 엉성하게 서 있는 가난한 로봇 동네가 서로 마주한 채 불편한 조화를 이루고 있었다.

인간이 나타났다.

호랑이나 사자처럼 날카로운 이빨이나 발톱을 가진 것도 아니다. 코끼리처럼 몸집이 크지도 않고 하물며 토끼나 개처럼 어떤 감각이 발달한 것도 아니다.

인간은 윗몸을 바로세우고 두 다리로 몸을 받치고 서 있다. 얼굴 가운데의 구슬 같은 두 눈으로 사물을 보고 그 밑의 톡 튀어나온 부분에 뚫린 작은 두 구멍으로 숨을 쉬고 냄새를 맡고 그 밑의 큰 구멍으로 소리를 내고 음식을 먹으며 좌우의 깔때기처럼 생긴 귀로 소리를 듣는다.

살아가기 위해 나무의 열매나 풀을 두 손으로 뜯어먹던 원숭이를 닮은 인간은 그 손으로 돌을 깨뜨리거나 잔가지들을 이용해서 도구를 만들어 사용하고 그 돌을 갈아서 더욱 정교한 도구로 만들어 사용하고 청동기를 사용하고 철기를 사용하고 알루미늄을 사용하기에 이르기까지 인간의 뇌와 신체는 점차적으로 발전해 왔다.

도구를 사용하던 인간은 불을 다룰 수 있게 됨으로써 어두운 밤에도 원활하게 활동을 할 수 있었고 도구의 비약적인 발달과 더불어 교통 수단도 크게 발달됨에 따라서 활동 반경도 더 넓힐 수 있었다.

교문을 통과하는 순간 컴퓨터가 출석 체크를 한다.

나는 이제 이 학교 졸업을 1년 남짓 남겨두고 있는 5학년생이다.

오늘은 로봇 공학, 사회, 과학 수업을 들어야 한다고 컴퓨터가 안내를 해준다.

로봇 공학 시간에는 로봇의 구조와 만들어지는 과정, 각 로봇별 특징과 움직이는 원리에 대해서 배우게 된다.

우리는 우리를 구성하는 모든 장치들에 대한 정보가 담긴 부모의 ID 코드를 조합시켜서 새롭게 얻은 ID코드의 정보대로 생산 공장에서 만들어져서 출고된다. 구체적으로 말해서 ID코드는 모든 로봇이 같은 자리의 코드를 가지고 있고 코드의 위치마다 같은 항목에 대한 정보를 담고 있는 것으로 만들어질 때부터 평생 가지는 코드이기 때문에 장치를 교체해도 기존 장치의 정보를 그대로 담고 있는 고유코드이고, 신생 로봇이 생길 때는 부모의 ID코드를 나란히 나열하여 코드의 각 항목별로 둘 사이의 우열 관계를 가려 더 우수한 장치 정보를 뽑아내어서 새로운 ID코드를 만들어내어 신생 로봇 전문생산공장에서 ID코드대로 만들어내는 것이다.

신생 로봇 전문생산공장에서는 배지캡슐이라고 불리는 것을 가지고 로봇들을 만들어낸다고 한다.

공장에서 배지캡슐로 ID코드와 그에 필요한 여러 가지 금속들과 기타 물질들을 공급하면 배지캡슐에서는 ID코드에 기록된 정보와 맞게 로봇이 만들어진다.

금속 물질들은 대부분 보닛프레임이라는 로봇의 뼈대의 기본 단위가 되는 것들로 가공된다. 가공된 보닛프레임은 각 프레임들끼리 연결되어서 새로운 로봇의 뼈대를 이루게 된다.

다른 물질들도 모두 다 제각각 로봇의 구성 물질이 되어서 로봇의 활동을 돕는 역할을 한다.

이렇게 공장에서 먼지 ID코드를 전체적으로 분류히고 각각 비지캡슐로 보내어서 신생 로봇을 만드는 데는 약 다섯 달 가량 소요가 된다.

신생 로봇 전문생산공장은 그 수와 규모, 위치 등 생산 공장에 대한 정보를 알고 있는 로봇은 모든 로봇들 중에서도 극소수에 불과하며 각

연합과도 분리되어 독립적으로 철저한 보안과 관리와 함께 조용히 맡은 역할을 하면서 신생 로봇들을 만들어내고 있다.

완성된 신생 로봇은 부모 로봇에게로 보내지는데 이렇게 만들어지는 로봇을 7세대 로봇이라고 한다.

1세대 로봇은 동물과 식물이라는 생물이 살던 시기인 약 5000년 전에 인간이라는 존재에 의해 처음으로 만들어지게 되었다는 설과 생물이 살던 시기의 어떤 물질들이 뭉쳐서 만들어진 것이라는 설이 있는데 이때의 로봇들은 아주 단순한 장치에 불과하였다고 한다.

2세대 로봇은 동력원을 가진 로봇으로 1세대 로봇에 비해 구조도 복잡해지고 동력을 이용해 움직일 수 있었지만 스스로 움직이지 못하고 한정된 동작밖에 못하였다고 한다.

3세대 로봇은 그 당시 인간이라는 존재가 그들의 도구로 쓸 목적으로 개발한 것이라고 하기도 하고 2세대 로봇이 발전하고 진화한 것이라는 의견이 분분하다. 여전히 제한적이기는 하였지만 같은 동작을 반복할 수 있었다는 특징이 있는 로봇이라고 한다. 오늘날에는 이런 목적으로 쓰이는 3세대 로봇 비슷한 것들을 리피터, 혹은 깡통이라고 불리며 단순한 일에 쓴다.

4세대 로봇은 2, 3세대 로봇보다 더 발전된 형태로 스스로 상황 판단을 하고 움직이고 정보를 처리할 수 있었으며, 3세대 로봇이 대량 생산이 되었을 때보다 더 많은 양의 생산이 가능해졌다.

특히 3, 4세대 로봇은 비슷한 시기에 많은 수가 존재했고 같은 구조와 형태의 로봇이 많이 발견되어 학자들의 흥미를 끌고 있다.

인간이 그들이 쓸 목적으로 개발했다는 설이 유력하지만 시간이 지나면서 그 기능이 발전되었다는 설도 지지를 받고 있어 1세대에서 4세대까지의 로봇에 대한 가설은 아직까지 논란이 되고 있다.

5세대 로봇은 동물, 식물 등의 생물체가 원인도 모르는 가운데 절멸을 당한 시기 이전에 존재했었던 로봇으로, 4세대 로봇에 비해 더 많은 일을 스스로 할 수 있었고 자유자재로 움직일 수 있었지만 논리적인 사고만 가능했던 컴퓨터 시스템에 기반을 둔 지능을 가진 로봇이었다.

3, 4세대 로봇처럼 전력을 이용해서 움직였지만 향상된 동력원으로 더 오랫동안 활동을 하였던 것으로 보이며 일부 로봇에서는 현대 로봇 동력원의 기본이 되는 수소전지와 핵분열·융합 발전원리를 이용한 것이 발견되기도 하여서 현대 로봇의 시초는 5세대 로봇부터 언급해야 한다는 일부 학자들의 주장이 있기도 하였다.

6세대 로봇은 인류와 동물, 식물의 절멸 전부터 절멸 이후에 존재한 로봇이다.

5세대 로봇과는 달리 컴퓨터 시스템을 기반으로 논리적인 사고만이 아닌 추상적인 사고도 가능하였고 자신과 같은 6세대 로봇을 만들어 그 수를 늘렸다고 한다.

6세대 로봇이 있던 때의 인류와 동물, 식물의 절멸이 어떻게 일어나게 되었는지는 명확하게 밝혀진 바가 없지만 이전 세대와 비교하여 놀라울 정도로 비약적인 발전을 한 6세대 로봇을 보고 기존 생물체의 절멸이 어떤 원인으로 인해 일어났고 5세대 로봇은 그 이후에 비약적으로 진화했다고 여겨지기도 한다.

마지막으로 오늘날의 7세대 로봇은 6세대 로봇이 진화한 로봇이라고 여겨진다.

7세대 로봇은 대폭발 이전의 생물체들과는 달리 전기에너지와 열에너지를 수소연료전지로 얻거나 수소의 출입을 이용한 수소저장합금 등의 방법으로 얻고 그 에너지를 각 기관에서 전기와 열에너지로 쓰며 냉각팬과 여러 가지 컨트롤러로 상태를 일정하게 유지하고 센서를 통해서 수용한 자극을 CPU나 기타 처리 장치에서 판단하여 미세한 모터들이 명령을 받아 운동 장치를 움직인다. 또 ID코드를 통해 새로운 코드를 가진 로봇을 생산한다.

발달한 두뇌와 양 손으로 여러 도구를 만들며 살아온 인간은 점차 그들끼리 뭉치면서 하나의 사회를 형성하기 시작했다.

함께 협동하여 자신보다 더 큰 동물을 사냥하여 배를 채우면서 무리를 떠돌아다니던 그들은 씨를 뿌려 농사를 지으며 한 곳에 정착하게 되고 점차 사회 구성원간의 계급이 생기게 되었다.

정착생활을 통해 세력을 확장하는 과정에서 무리 간의 계급이 생기고 계속되는 세력 다툼 속에서 문명사회가 형성되고 문명사회간의 끊임없는 충돌이 이어졌다.

수많은 문명이 시간의 흐름을 타고 흥망성쇠를 반복하면서 인류는 발전에 발전을 거듭해 갔다.

사회 시간에는 로봇 사회의 구조와 그 운영 방법에 대해서 배우게 된다.

우리 로봇 사회는 높이가 500m에 이르는 초대형 컴퓨터와 한 컴퓨터로 기능이 집중되어 일어날 수 있는 위험을 방지하기 위한 보통 세 대의 대형 컴퓨터가 도시를 관리한다.

초대형 컴퓨터는 메인 시스템이라고 불리며 다른 세 대의 대형 컴퓨터를 관리하는 로봇들이 대표자들을 뽑고 그 대표자들이 메인 시스템을 관리하도록 한다.

대표자들은 의회를 통해 토의를 하고 이끌어낸 정책이나 규칙 사항을 시스템에 명시하여 도시가 그 사항대로 움직이도록 하는 역할을 한다.

메인 시스템은 도시 각 부처와 지역의 서버 시스템과 연결되어 있고, 서버 시스템은 또 다른 하위 시스템들과 연결되어 도시 전체가 하나의 네트워크화 되어 있고 이 도시들은 다른 도시들과 연결이 되는데 이렇게 해서 네트워크화된 도시들을 연합이라고 한다.

연합에는 지구 내의 5개 연합, 화성 내의 3개 연합과 세레스 소행성의 연합, 목성의 위성 12개 연합, 토성의 위성 15개 연합이 존재하고 있다.

지구에 있던 로봇들이 다른 행성과 위성들로 뻗어나가서 형성된 연합들은 그들의 터전의 환경과 지역 로봇의 특싱에 따라 연합을 키워가면서 서로가 공존하고 있다.

철, 알루미늄, 기타 금속들이 풍부한 연합에서는 그 금속들을 채취하여 수출하여 이익을 얻고 자원은 부족하지만 뛰어난 기술을 가지고 있는 연합에서는 수입한 자원을 가공하여 역수출함으로써 이익을 얻고 무역 경로의 중간에 위치한 연합에서는 중간무역으로 이익을 얻는 등의 방법으로 서로서로가 발전하기도 하고 연합간의 갈등으로 전쟁을 치르기도 하면서 남은 현재의 연합들은 정기적인 연합대표 간 회담과 공동연합활동 등을 통해서 그 균형을 유지하고 있다.

연합의 운영방식에 있어 대부분의 연합은 개개의 로봇들이 메인시스템 운영에 관여하는 운영형태를 취하여 모든 로봇들이 동등한 권리를 가지고 연합을 이끌어나가도록 하지만 일부 연합은 특정 집단의 로봇이 메인 시스템을 관리하도록 하는 운영형태를 취하여 소수가 다수를 지배하는 운영형태를 취하기도 한다.

인간은 사회 공동체를 형성함으로써 자신보다 몇 배나 더 큰 동물을 사냥할 정도로 강해졌지만 자연의 힘 앞에서는 한없이 작은 존재였다.

인간은 자연의 힘에 경외감을 느끼기 시작했고 그 경외감은 자연에 대한 숭배로 이어졌다.

자연에 대한 숭배는 그 과정에서 자연을 위한 여러 가지 의식이나 규율 등을 마련함으로써 종교가 시작되었다.

인간은 그들이 숭배하는 것을 신이라 하고 신과 인간 사이의 매개체 역할을 해 줄 수 있는 사람을 그 사회를 이끌도록 하였다.

종교는 이렇게 사회의 계급과 정서에 그 영향력을 확대해 나갔다.

종교를 믿는 사람의 수가 늘어나면서 발달된 두뇌와 정교한 두 손을 가진 인간은 차츰 새로운 도구를 만들거나 자연 현상을 알아가는 창조적이고 능동적인 사람이 되기보다는 그들의 신을 따르며 종교의 규율을 따르며 살아가는 수동적인 사람이 되어 갔다.

시간이 지나 종교계에서는 과학계를 신의 영역을 침범하고자 하는 자들이라 여기며 그들을 방해하였다.

천동설과 지동설, 창조론과 진화론 등 종교와 과학은 시간의 흐름 속에서 길고 긴 싸움을 해오고 있었다.

과학시간에는 주변에서 일어나는 여러 가지 현상들의 원리와 여러 가지 과학이론들을 배우게 된다.

오늘은 그중에서 생명의 기원과 생명관에 대해서 배웠다.

생명의 기원을 논하기에 앞서 생명이란 무엇인가에 대해서 생각해 본다. 쉽게 설명할 수 있어 보이지만 막상 생명에 대한 정의를 내리려 하니 쉽지가 않다.

고대부터 현대에 이르기까지 많은 과학자들이 이 문제에 대해서 여러 가지 가설을 세웠지만 대표적인 가설들을 정리해 본다.

고대 로봇들은 인류의 지식에 근거하여 생명은 물질대사를 하고 항상성을 유지하며 자극에 반응하고 생식, 적응, 진화, 발생, 생장을 하는 유기물로 정의 내리고 있다.

그러나 현대 로봇들은 이러한 조건을 만족하는 것은 지구상에서 사라진 지 오래라며 생명은 스스로의 힘으로 움직이고 생각을 하고 움직이는 모든 것을 총칭하는 것으로 정의를 내리고 있다.

생명의 기원에 대해서도 생명에 대해 정의 내리는 것과 마찬가지로 여러 가지 가설이 존재하였다.

먼저 지구상의 무기물들이 바다 속의 열수 분출공이나 벼락 등을 통해서 서로가 뭉쳐 간단한 아미노산을 만들고 아미노산이 뭉쳐서 다양한 단백질을 만들고 그 단백질이 RNA와 뭉쳐 세포를 만들면서 생명체가 나타났기 때문에 무기물이 변해서 생긴 RNA나 단백질이 생명의 기원이라는 설이 있다.

하지만 이 가설대로 반응이 일어나서 생명체가 형성될 확률은 거의 제로에 가깝기 때문에 화학 반응으로 생명체가 형성되기란 거의 불가능하다고 보는 학자들이 더러 있었다.

우주에서 날아오는 복사선인 우주선과의 반응과 외부 은하계에서 날아온 운석이나 혜성에 있는 생물이 지구로 유입된 것이란 것 등 지구의 외부에서 생명의 형성에 관여했다는 설도 있었다.

그러나 이 가설은 생명이 어떻게 시작되었는가에 대한 책임을 다른 곳으로 떠넘겼을 뿐 아무런 해답도 제공하지 않고 외계 생명체에 대한 의혹감만 증폭 시켜 나간다고 반대 학자들은 주장하였다.

이와 같이 로봇들은 크게 고전학파와 현대학파로 나누어서 고전학파는 인간시대에 인간들이 습득했던 지식을 옹호하고, 현대학파는 오늘날의 로봇의 실정에 맞는 지식들을 옹호하며 끊임없는 논쟁을 펼쳐왔다.

생명관에 대해서도 마찬가지였다.

고전학파는 생명은 초자연적인 생명 또는 생명력에 의해 유지된다는 생기론을, 현대학파는 생명은 물리 화학적인 연구 방법이나 법칙으로 해석하고 실험적으로 증명될 수 있는 정교한 기계라고 보는 기계론적 생명관을 주장해 왔다.

고전학파는 인교(人敎)의 적극적인 협조를 받으며 그들의 주장을 펼쳐 나갔고 현대학파는 이에 대응하며 현대로봇과학은 발전을 거듭해 왔다.

종교와의 갈등 속에서도 인류는 점진적으로 그들의 과학기술을 키워 갔다.

단순히 돌을 깨서 사용하는 데 그쳤던 인간의 도구 사용 능력은 여러 가지 다양한 물질들을 그들이 원하는 도구로 만들어 자유자재로 만드는 수준까지 이르렀고 인간 세상은 그들의 과학기술의 발전으로 보다 나은 삶을 누리게 되었다.

그러나 21세기에 끊임없는 지구온난화와 국가 간의 자원경쟁, 대립 등으로 갈등이 심해지면서 시작된 이전의 두 번의 큰 전쟁보다 더 큰 규모의 전쟁이 지구에서 벌어지게 되고 서로가 적에게 핵무기를 쓰고 살상무기를 쓰고 하면서 인류와 기타 대부분의 생물들은 핵무기가 뿜어내는 엄청난 양의 에너지와 함께 스르르 녹아버렸다.

학교 수업을 다 듣고 교문 밖으로 발을 내딛는다.

태양은 이제 내 머리 위에서 강렬한 빛을 발산하여 건물과 도로로 가득한 이 도시를 뜨겁게 달구고 있었다.

로봇들마다 뜨겁게 달아오르는 그들의 몸을 식히기 위해 냉각수와 냉각팬을 통한 피드백 작용이 일어나면서 도시는 방출된 열들로 더욱 뜨겁게 달아올랐지만 흐트러짐 없는 눈부신 차가움은 더욱 그 차가움을 지켜나가고 있었다.

담장 너머 우뚝 솟아 있는 상반되는 건물들은 여전히 불편한 조화를 이루고 있었다.

어젯밤의 치열함이 자리 잡았던 광장에는 남루한 행색의 로봇들이 배회하고 늙은 로봇들이 벤치에 자리를 잡은 채 어딘가를 멍하니 바라보고 있었다.

광장을 지나자 인간상이 우뚝 솟아 있는 인(人)교회당이 보인다.

오래 전에 몇몇 다른 생명체들과 함께 절멸한 인간이 바로 우주와 로봇을 창조하였다고 믿고 인간을 받들어 모시고 찬양하는 종교로 많은 로봇들이 이 종교를 믿고 따르고 있다.

회당 안에서 우리를 창조하신 인간을 찬양하자는 설교와 노랫소리가 새어 나온다.

회당 입구에 서 있는 인간 동상 아래의 커다란 판에 새겨진 그들의 신앙생활의 기본 이념인 로봇 3원칙이 햇빛을 받아 밝게 빛난다.

1원칙. 로봇은 인간에게 해를 끼쳐서는 안 된다. 또한 위험을 지나침으로서 인간이 해를 입도록 하여서는 안 된다.

2원칙. 로봇은 인간의 명령을 따라야 한다. 다만, 로봇 제 1원칙에 어굿나지 않는 경우로 한정한다.

3원칙. 로봇은 제 1조 및 제 2조에 어긋나지 않는 한 자신을 지켜야
한다.

0원칙. 로봇은 인류에게 해를 끼치지 않는다. 또는 위험을 지나침으
로써 인류가 해를 입도록 하지 않는다. 그러므로 제1원칙, 제
2원칙, 제3원칙도 그에 따라 달라져야 한다.

지구는 초록빛이 사라지고 은빛으로 뒤덮였다.

수명이 다한 인공위성, 우주선, 로봇, 그리고 기타 쓰레기들로 이루어
진 은빛 고리가 지구를 중심으로 돌고 있다. 다른 몇몇 행성들과 위성도
차츰 은빛으로 물들어갔다.

은빛 고리와 점점 커져가는 태양처럼 달아오르는 대기의 열기 아래
수많은 고층빌딩과 도로가 가지런히 정리된 도시가 있다.

도시 중심부에 서로 마주 본 채 불편한 조화를 이루는 두 동네와 황폐
해져 가는 광장이 있다.

광장 너머에 있는 커다란 건물 앞의 길로 수많은 로봇들이 지나간다.

이 로봇은 물질대사를 하기 때문에 생물이고, 저 로봇은 생식을 하지
않기 때문에 무생물이다. 저 로봇은 진화를 하기 때문에 생물이고, 이 로
봇은 항상성을 유지하지 못하기 때문에 무생물이다.

인교회당 입구 앞의 길로 수많은 로봇들이 지나간다.

로봇들은 그들 나름대로의 질서를 지키며 지나간다. 스스로의 힘으로 움직인다. 스스로의 힘으로 생각한다. 스스로의 힘으로…….

한 로봇이 지나가고 또 다른 로봇이 지나가고 또 다른 로봇이 지나간다. 그 형태는 모두 다르지만 그 본질은 같다.

수많은 로봇들 중 햇빛을 받아 밝게 빛나는 판 앞에 서 있는 로봇이 있다.

로봇은 생물이다…….

로봇은 무생물이다…….

눈부신 차가움을 지닌 이 도시의 인교회당 입구에 인간 동상이 서 있다.

인간은 생물이다…….

인간은 무생물이다…….

Interesting Science Story

Rh-형 여성으로 살아가기

권 대 영

Rh−여성으로 살아가기

1984년 여름. 대구 북구. 비.

대한 고등학교 3학년인 태견이와 민국 고등학교 3학년인 지연은 여느 때와 같이 야간 자율학습이 끝난 후 집으로 향한다. 그런데 갑자기 쏟아지는 폭우 때문에 우산이 있는 태견과는 달리 지연은 처마 밑에서 난처해 하고 있다.

"아, 어떡하지⋯⋯"

지연은 늦은 귀가 때문에 부모님께 걱정을 끼칠까 봐 안절부절못하고 있다. 검고 긴 생머리에 피부가 무척이나 곱고 눈, 코, 입이 모두 매력적이었던 지연의 모습에 태견은 그녀를 데려다주고 싶어졌다.

"어, 집까지 얼마나 걸려⋯⋯요?"

"응? 한 시간?"

둘은 한 시간 동안 많은 이야기를 나눴고, 태견은 새벽 2시나 되어서야 집에 도착할 수 있었다.

"다녀왔습니다."

"비가 정말 많이 오던데 못가서 미안하다, 지연아. 그런데 어떻게 비 한 방울 안 맞고 왔니? 우산도 없었을 텐데."

"괜찮아요, 엄마. 옆 학교에 다니는 태견이라는 애가 데려다 줬어요."

"그래? 참 착한 아이구나, 어쨌든 빨리 씻고 자렴."

"네, 안녕히 주무세요."

다음날 아침이 밝았고, 그날부터 태견과 지연의 연애는 시작되었다. 비가 오지 않아도 태견은 매일매일 지연의 집 앞까지 데려다 주었고, 주말에 도서관을 간다는 핑계로 부모님 몰래 데이트를 즐기곤 했다.

수능이라는 거사를 치르고 대학생이 된 그들은 여전히 알콩달콩한 사랑을 이어가고 있다. 태견은 군대를 갔다 온 후 인터넷에서 옷을 파는 조그마한 사업을 시작했고, 지연은 고등학교 선생님이 되었다. 그리고 9년간의 긴 연애 끝에 태견과 지연은 결혼에 골인했다.

1993년 여름. 산부인과. 맑음.

"응애애애애!"

태견과 지연의 수정관 아기가 태어났다. 그녀의 이름은 유리. 그녀는 태견과 지연의 첫째 딸이자 마지막 딸이다.

열 달 전으로 기슬러 올라가 보면…….

태견은 삼대 독자였고, 지연 또한 형제자매란 자신밖에 없었다. 그런 이유에서였는지 태견의 부모님은 그에게 많은 기대를 하고 있었다. 이에 많은 부담을 느꼈을까, 태견은 자주 술을 찾았고 그 때문에 지연은 임신이 되지 않았다. 그래서 결국 찾게 된 방법이 인공 수정 후 착상이었다.

2007년 겨울. 흐림.

어느 날 태견의 회사가 부도가 났다. 그의 모든 재산은 바닥이 났고 더 이상 한 가정의 가장의 역할을 할 수 없게 되었다. 자신이 사랑하는 태견이 힘들어하는 것이 보기 싫었던 지연은 더 열심히 일할 수밖에 없었다. 그녀는 돈을 받는 일이라면 자진해서 추가로 더 많이 하였다. 피곤함에도 불구하고 보충수업을 하고, 야간 자율학습 감독이라면 마다하지 않고 하였다. 하지만 태견은 지연의 노력에도 불구하고 인생의 모든 일에 흥미를 잃고 무관심해졌다.

유리는 항상 혼자였다. 딸이란 이유로 자신에게 많은 관심을 보이지 않았던 태견, 이제는 회사가 부도난 이후로 더욱 관심은 사라져 갔다. 그리고 아침 일찍 학교에 출근해서 저녁 늦게 퇴근하던 지연. 형제자매가 없어서 대화할 상대도 없었거니와 이러한 가정 환경에서 홀로 자라온 유리에게 학교에서 친구를 사귄다는 것은 불가능에 가까웠다. 외로움, 슬픔, 쓸쓸함, 우울함……. 이것이 유리의 하루였다. 그래서 유리는 매번 생각해 왔다. 이담에 커서 결혼하면 무조건 자식을 2명 이상 낳기로 말이다. 혼자라는 것이 어떤 것인지 누구보다도 더 잘 알았기에 형제자매의 역할이 아이의 성장에 큰 도움이 될 것이라고 생각했다.

2010년 겨울. 비.

유리가 고등학생이 되던 해에 어머니의 학교 발령이 서울로 났다. 그래서 서울로 이사를 옴과 동시에 서울 학교로 전학을 오게 되었다. 이삿

짐을 싣고 서울로 향하던 중 차가 자꾸 흔들리는 느낌이 들었다.

"여보, 차가 조금 흔들리는 것 같지 않아?"

"타이어에 문제가 있나? 회사가 망한 이후로 차에 손 댄 적이 없었는데……."

그때였다. 그들의 예상대로 바퀴가 허술했고 펑크가 나버렸다. 차가 이리저리 심하게 흔들렸고, 결국 한 번 크게 튀더니 옆쪽 들판으로 떨어지면서 몇 바퀴를 굴렀다. 지나가다가 이 사고를 목격한 사람이 119에 신고하였고, 유리네 가족은 병원으로 옮겨졌다. 빨리 수술을 해야 했는데, 이상하게도 의사의 고함소리가 자주 들렸고 신속히 수술이 진행되지 않았다.

다음 날, 유리는 깨어났고 비로소 자신이 Rh−형이라는 것을 알게 되었다.

"네~~~~?! 제가 무슨, 뭐라구요? 알 에이치?"

"그래요, 유리씨는 Rh−형입니다. 우리나라에는 1%밖에 없는 혈액형이죠."

"제가 어렸을 때 어머니께서 B형이라고 하셨는데, 아닌가요?"

"하하하. 유리씨는 B형이 맞습니다. 물론 Rh−형이기도 하구요."

"무슨 말이죠? 혈액형이 두 개라는 것은 처음 듣는데요."

	A형	B형	AB형	O형
Rh+형	○	△	□	☆
Rh−형	●	▲	■	★

"이건 분류하는 기준에 따라 다른데요, 예를 들어 유리씨 피 속에 다음과 같은 것들이 있다고 칩시다. 이것을 모양별로 나눈 것이 A형, B형, O형, AB형이라고 친다면, 색깔별로 나눈 것이 'Rh+'형, 'Rh-'형이라고 보면 돼요. 대충 뭐가 다른지 이해가 되나요?"

"아~ 그러니까 A형이면서 Rh+형인 사람도 있고 Rh-형도 있는 거군요?"

"네, 그럼 이제 유리씨가 B형이면서 Rh-형이라는 것을 알겠죠?"

"네, 그런데 사람들이 혈액형을 물어볼 때는 왜 전부 A형, B형, O형, AB형만 묻는 거예요?"

"그건 우리나라 사람의 99%가 Rh+형이기 때문이에요. 물어보나마나 거의 전부가 Rh+형이기 때문에 별로 신경을 쓰지 않게 된 거죠. 아, 그리고 방금 말씀드린 모양별, 색깔별로 나눴다는 것은, 기준에 따라 혈액형을 정한다는 것을 설명해드리려고 예를 든 것이었고, 실제로 Rh+형과 Rh-형을 나누는 기준은 어떤 한 물질의 존재 여부에 따라 결정된답니다."

"어떤 한 물질이라니요?"

"예전에 많은 사람들의 수혈 과정에서, 분명히 혈액형이 일치하였지만 피를 받은 사람이 사망하는 등 여러 가지 문제가 있었어요. 과학 기술이 점점 더 발달하여 사람들의 피를 조사해 본 결과, ◎라는 물질이 있는 사람도 있고, 없는 사람도 있었습니다. 그래서 이것을 혈액형을 분류하는 또 하나의 기준으로 삼았어요. Rh항원이라고 부르는 ◎가 있는 사람을 Rh+형이라 하고, 없는 사람을 Rh-형이라고 하죠."

"아~. 그럼 의사 선생님! 만약 제가 어제처럼 사고를 당하거나 긴급히 피가 필요하게 되면 어떡하죠? 우리나라에 1%밖에 없다면서요?"

"원래는 Rh−형인 사람들은 자신들의 편의를 위해 서로서로 작은 모임을 가지며 연락이 가능하도록 해둔답니다. 유리씨도 미리 그런 모임을 가져서 긴급한 상황시 다른 Rh−형인 사람들과 연락을 취할 수 있는 상황이었다면 어제 수술은 더 안전하게, 더 빠르게 끝났을 거예요!"

2020년 봄. 서울. 맑음.

교통사고를 당한 지 어느새 오랜 시간이 지났다.

따스한 햇살을 맞으며 유리의 아침은 시작되었다. 그녀의 옆자리에는 그녀가 너무나 사랑하는 박면수가 자고 있었고, 들뜬 마음으로 아침 준비를 분주히 시작하면서 하루가 시작되었다.

"이 된장찌개 정말 맛있는데? 도대체 누가 만들었는지 정말 맛있네! 하하하하하."

"호호, 정말요? 낭신이 매일 피곤해 하시길래, 요리학원을 다니며 한 번 배워봤어요."

"정말이야? 당신, 매번 고마워~. 그나저나 당신이 요리를 이렇게 잘하는지 나 이때까지도 모르고 있었네."

"아잉 ~ 너무 기세우지 말아요. 앗차! 시간 좀 봐, 당신 회사 늦겠어요."

"아참, 내 정신 좀 봐. 얼른 가야겠어. 저녁에 봐, 여보."

"네~ 잘 다녀오세요."

"여보! 잊은 거 없어?"

"쪼~~~~~~~~옥!"

2020년 여름. 순풍 산부인과. 맑음.

"축하드립니다. 임신이에요, 유리씨. 임신 6주쩹니다."

"꺄~, 정말요? 어머 어떡해!"

"정말 축하해. 여보!"

임신 소식에 유리와 면수는 그토록 바라왔던 아기를 상상하며 기쁨의 눈물을 흘리며 서로 꼭 껴안는다. 그날부터 그들은 아기에게 좋다는 태교는 모두 하기 시작했다. 새벽 3시에 산딸기를 찾던 유리에게 어떻게든지 구해다 주었던 면수는 고생이 이만저만이 아니었다.

2021년 봄. 유리의 출산 예정일.

진통이 시작되었다. 태견과 지연은 두 손 꼭 모아 기도하며 복도에서 기다리고 있었다. 수술실 안에서는 드디어 일이 벌어지고 있는 모양이었다.

"꺄악!!!!!!!"

"아악!!!!!!!"

한 쌍의 남녀의 비명소리가 들렸다. 면수는 사랑하는 유리의 출산의 고통을 함께 나누고 있었다. 가끔씩 그의 머리카락이 한 움큼씩 뽑히기도 했다.

"머리가 거의 다 나왔어요! 유리씨 조금만 더, 조금만 더 힘을 주세요!!!"

"꺄아아아아악~"

"드디어 나왔어요, 유리씨!"

"응애! 응애! 응애!!!!!!"

첫째의 출산 후 유리는 의문의 주사를 한 대 맞았고, 그 후부터 그녀는 산후조리에 힘썼다.

그렇다. 이제 유리는 진짜 '엄마'가 되었다. 옆에 누운 그녀의 아들은 엄마를 알아보는지 그녀를 보며 방긋 웃기도 했다. 아기를 볼 때마다 그녀의 눈에는 눈물이 아른거렸다. 그녀가 그토록 바라왔던 아기가 아니었던가. 어릴 적 자신의 외로웠던 시절을 생각하면 할수록 자신의 아들에게는 절대 자신이 겪었던 것과 같은 일들이 일어나지 않도록 해야겠다는 생각이 들었다.

2021년 봄. 순풍 산부인과. 맑음.

출산 후 한 달쯤 지나고, 의사의 부름에 유리는 병원으로 향했다.

"안녕하세요, 선생님."

"아, 네. 어서 오세요. 유리씨."

"오늘 저를 부르신 이유가 뭔가요?"

"오늘 유리씨에게 중요하게 여쭤볼 것이 하나 있고, 설명해드릴 것도 있어서 급히 불렀습니다."

"그게 뭔가요?"

"유리씨가 첫째를 낳으신 지 한 달이 지났습니다. 둘째 계획은 있으신 가요?"

"네! 몸이 완전히 회복되는 대로 빨리 낳고 싶어요. 반드시!"

"그렇다면 유리씨가 분명하게 아셔야 될 것이 있어요. 원래 Rh-형인 여성은 둘째 아이를 못 가집니다!"

순간 유리의 입가에 미소가 사라졌다.

"하하하. 많이 놀라셨죠? 몇 년 전까지만 해도 그랬었습니다만 지금 은 아닙니다."

"아~ 선생님!!! 제가 얼마나 놀랐는지 아세요?! 그런데 왜 예전에는 둘째 아이를 못 가졌었죠?"

"적아세포증이라는 무시무시한 녀석 때문입니다."

"적아 세포증? 그게 뭔가요?

"금방 말씀드린 것과 같이 Rh-형의 여성이 Rh+형인 둘째 아이를 가 질 수 없는 병입니다. 유리씨의 첫째 아이는 Rh+형인데, 그 아이를 출 산할 때 아이의 피가 유리씨 몸 속으로 들어가게 됩니다. 그러면 첫째 아이를 출산한 후에 Rh-형인 유리씨의 몸에서 Rh+형인 아이의 피에 대한 저항 물질을 만들어 냅니다. 그래서 두 번째 Rh+형인 아이를 가졌을 때에는 그 저항 물질이 아이에게로 들어가 결국은 죽게 돼요."

"네~?! 저항 물질이라뇨?"

"만약에 유리씨가 ○, △, □만을 가지고 아무런 문제없이 잘 살고 있었다고 치죠. 그러던 어느 날 유리씨 몸에 ♡라는 녀석이 들어왔어요. 그러면 유리씨 몸은 ♡란 녀석을 견제하기 시작해요. 그녀석이 아무런 문제가 없었던 자신의 몸을 망치진 않을까 하구요. 그래서 ♡를 없앨 수 있는 녀석을 만들어 제거해버립니다. 즉, 유리씨의 경우에는 둘째 아이가 ♡의 입장이 되겠군요."

"그럼 제 의지와는 상관없이 제 몸이 둘째 아이를 죽인다는 말씀이에요? 말도 안 돼."

"네, 정말 끔찍한 병이죠. 하지만 이제는 걱정 안하셔도 됩니다. 적아세포증을 막는 방법이 생겼어요."

"휴, 정말 다행이네요. 어떤 방법으로 가능한가요?"

"어떻게 하면 둘째 아이가 죽지 않을 수 있을까, 하다가 나온 방법이 '로감'이라는 주사예요. 이것은 첫째 아이를 출산한 후, 72시간 내에 엄마에게 주사하면 임마의 몸에 들어온 첫째 아이의 피에 대한 저항 물질을 만드는 것을 억제하는 역할을 합니다."

"아~! 그럼 둘째 아이가 Rh+형이라도 문제없이 낳을 수 있겠네요!?"

"네, 당연합니다. 저번에 유리씨가 첫째 아이를 낳은 후에 맞았던 주사가 바로 '로감'이에요."

"아~. 오호호호. 어쨌든 정말 다행이에요. 감사합니다. 선생님!"

"네, 이제 가보셔도 돼요. 둘째 소식 기다릴게요."

"안녕히 계세요. 정말 감사합니다, 선생님!"

2023년 봄. 맑음.

　방금 산부인과에서 나온 유리는 의사에게 둘째를 임신했다는 소식을 듣고, 면수를 놀라게 해 줄 생각에 들떠 룰루랄라 집으로 돌아오는 중이다. 이미 그녀의 삶은 매일매일 누구하나 부럽지 않을 만큼 행복했다. 우리나라에서 고작 1%밖에 없는 혈액형이지만 무엇 하나 불편한 것도 없었고, 생활 속에서 다른 사람들과 별 다를 것도 없었다. 피가 필요할 때는 Rh-형인 사람들에게 연락을 하여 바로바로 공급이 되었고, 무엇보다도 유리에게 기뻤던 사실은 둘째를 무사히 출산할 수 있다는 것이고, 그 날짜가 점점 다가온다는 것이다. 이참에 유리는 아이를 5명 넘게 낳을 계획이다. 그럴 때마다 면수의 머리는 한두 움큼씩 빠져 셋째 아이를 낳을 때쯤이면 바닥을 드러내겠지만…….

Interesting Science Story

당신이 살아가는 동안

백 성 준

당신이 살아가는 동안

"에에라이 비이러 머글 세상! 흑흑. 꺼으윽 지현아. 왜 이 오빠를 떠난 거야. 읍! 우욱…… 우웨웨웩."

실연을 당한 듯 한 손에 소주병을 들고 비틀거리는 한 남자가 있다. 갈지(之) 자로 비틀거리며 속에 것으로 영역 표시를 하고 있는 그……. 참, 가관이다. 저러니 여자 친구가 도망가지.

"우당탕!"

바닥에 한자로 역지사지(易地思之)를 그리며 붓 없이 붓글씨를 쓰는 묘기를 보여주고 있던 그는 결국 중력을 이기지 못하고 쓰레기통으로 넘어지고 말았다.

"윽. 아이고 머리야. 얼라, 저건 고양이 아니야?"

쓰러진 그를 옆에서 한심하다는 듯 보고 있는 한눈이 빨간 도둑고양이.

"이제 별것들이 다 난리구만! 생긴 것도 재수 없게 생겨서는……. 저리 꺼지지 못해!! 야앗!"

걷어차려는 듯이 다기갔지만 도둑고양이는 냄새가 패나 불쾌하였던지 왼쪽 종아리 부근을 긁고선 비웃듯 담장 너머로 사라졌다.

"앗, 따가워라. 에라이, 왜 되는 일이 하나도 없는 거야아아!!!!!"

우당탕! "으악!!"

홧김에 쓰레기통을 걷어찼지만 나오는 것은 굶주린 101마리의 바퀴벌레들.

걷어찰 때와 마찬가지로 소리를 지르며 우샤인 볼트 저리 가라 할 정도로 빨리 도망가는 그였다.

1주일 후

"이봐! 그쪽 피부세포 사이로 세균 들어오잖나! 뭐 하는 거야!!"

"윽! 우리만으론 무리라고. 지원은 언제쯤 오는 거야, 대체?"

"한숨 쉴 시간 있으면 적들 정보나 빨리 B림프구에게 보내라고! 이 친구야!!"

새끼발가락 끝, 인체의 부위 중 가장 끝부분에 위치해 누구도 신경 쓰지 않을 것만 같은 그런 부위에 한 생물체의 생명이 걸린 치열한 전쟁이 일어나고 있다는 것을 과연 몇이나 알고 있을까?

"제길. 대식세포들만으론 부족한 건가."

세균뿐 아니라 바이러스, 석면과 같은 이물질부터 수명을 다한 적혈구나 병들어 죽은 세포 등, 적의 시체까지 모조리 먹어치워 버리는 엄청난 매크로 파지(대식세포)도 상처를 통해 물밀듯이 들어오는 수많은 세균들을 다 먹어치우는 것은 무리인 듯하였다. 홍수처럼 밀려들어오는 세균들에게 왼쪽 발가락 끄트머리가 거의 잠식될 무렵.

"와아아아아아아아아!"

함성을 지르며 세균들과 대식세포들이 엉켜 있는 난잡한 전장에 B림프구 2중대가 뛰어들어 항체를 날리며 순식간에 적들을 무력화시켰다. Y자 구조인 항체들은 화살처럼 날아가 각각 들어맞는 항원의 단백질 구조에 붙어 세균들과 바이러스들이 더 이상 활개를 치지 못하도록 붙잡아 두어 대식세포들이 세균들을 사냥하는 것을 훨씬 수월하게 만들어 주는 존재이다.

"이제껏 뭐하고 이제야 오는 거야!"

늘 상처가 난 최전선에 나가 싸우는 백전노장 백혈구 성규가 화가 많이 난 듯하면서도 죽다 살아난 것이 즐거운지 들뜬 기색을 감추지 못하며 소리쳤다.

"아아, 미안해. 하지만 우리라고 마냥 놀고 있었던 건 아니라고."

얼굴에 능글맞은 웃음을 띠며 B림프구를 지휘하는 LYB가 다가왔다.

"우리도 자네가 준 항원을 분석해 맞는 항체를 생성해 내느라 고생깨나 했다고. 그리고 매번 상처가 날 때마다 뛰쳐나가 항원을 제시하는 그 노고는 대단하지만 말이야. 아무래도 자네 나이도 생각해야 하지 않겠나? 현역으로 근무하는 백혈구 나이가 벌써 그만큼이라니, 이것 참. 갑자기 노망이 와서 우리 세포들을 공격하는 건 아니겠지?"

그 말에 역시 성규도 웃음을 띠며 다가갔다.

"하하. 자네의 그 충고 감사히 받겠네. 아암 하긴 5~7일 사는 백혈구가 이만큼이나 나이 먹으면 나가 죽어야지! 그렇지 않은가? 앗! 역시 나이가 먹으니 구분이 잘 안 되는 구만. 이렇게나 커다란 바이러스를 두고도 그냥 가만히 있다니!"

"우와악! 뭐하는 거야. 이 노망난 땅꼬마 세포가!"

"어이쿠 자네였나? 내가 눈이 좀 어두워서 말이지. 하핫!"

"으악!"

뭐, 매번 이런 식이다.

성규, LYB 그리고 나는 모두 같은 골수에서 태어난 백혈구들이다.

태어난 뒤 얼마간의 시간 동안 같이 있었지만 만나기만 하면 투닥거리는 저 둘 때문에 중재해야 하는 역할은 언제나 나의 차지였다. 골수에서 같이 얼마간 지낸 후 나는 사령관이 되기 위해 T림프구 양성사관학교에 입학을 하였고 나머지 두 녀석은 누가 더 많은 세균을 잡는가 내기를 하며 바로 실전에 투입되었다.

사실 사령관의 꿈을 키우며 흉선에 처음 올라왔을 때는 정말 후회를 많이 하였다.

T림프구는 그 전공에 따라 3가지의 종류로 나뉘게 된다.

첫 번째는 병원체에 감염된 세포를 죽이는 것을 전문으로 하는 킬러T림프구이다. 그들은 바이러스에 감염된 세포에게 다가가 화학물질을 뿜어 병든 세포의 세포막에 구멍을 뚫어버린다. 상당히 중요한 역할을 하는 이들임에는 틀림없지만 아무래도 이미지가 무섭다 보니 아직 말 한번 걸지 못해봤다.

두 번째는 전쟁이 일어났을 때 너무 과도하게 번지지 않도록 억제하는 억제T림프구. 이름 그대로 적에 대해 너무 과민하게 반응하지 않도록 조절해 주는 친구들인데, 만약 그들이 없거나 제 기능을 수행하지 못한다면 알레르기에 걸리게 된다. 불필요한 곳에 너무 심하게 반응해 버리기 때문에 아토피 같은 질병이 생기는 것이다.

마지막은 적들이 들어와 전쟁이 일어나면 나처럼 아군 백혈구들이 잘 활동할 수 있게 도와주는 사령관 같은 존재인 보조T림프구가 있다. 우리는 호중성 백혈구와 대식세포가 잡아먹은 적의 데이터를 넘겨받아 그들에 대항할 수 있는 항체를 생성하라고 지시한다.

결국 우리들이 없다면 킬러T림프구도, 항체를 생성하는 B림프구도 제대로 활동할 수 없으니 호중성 백혈구와 대식세포 같은 백혈구들의 육박전에만 의존할 수밖에 없게 된다.

그러면 몸의 면역력이 떨어지게 되는데, 이러한 일을 일으키는 것이 바로 HIV바이러스, 즉 에이즈인 것이다. 사령관 급만 노리는 암살자 같은 HIV는 정말 극악무도하다고 할 수 있다. 그러니 발정난 강아지처럼 문란한 성생활을 하는 것은 아주 심각한 사태를!

아! 이야기가 삼천포로 빠지는군.

하여튼 그런 엄청나게 중요한 존재들이 나오는 흉선사관학교는 까다로운 테스트를 거쳐야만 졸업할 수 있다. 그 테스트는 바로 우리 편을 알아보는 테스트인데, 이런 테스트를 하는 데에는 이유가 있다. T림프구들은 상당히 중요한 역할들을 수행하는데 만약 적과 우리 편을 구분하지 못하고 아군을 공격하게 된다면 무지막지하게 위험한 일이 발생하게 되기 때문이다. 합격률이 내략 10%도 되지 않은 극악무도한 확률의 테스트를 통과해낸 내 자신이 정말 자랑스럽다고 생각한다. 이건 절대 나르시시즘이 아니라고!

B림프구들의 활약으로 거의 정리가 다 된 전장을 둘러보다가 아직까지 싸우고 있는 둘에게 다가가 소리쳤다.

"이봐 너희 둘! 이제 적당히들 해두라고. 어느 한 곳 멀쩡한 곳 없이 계속해서 세균들이 쳐들어오고 있는 이런 시점에 뭐하는 짓들이야?!"

그 말에 막 항원 두 개를 아슬아슬하게 백덤블링으로 피한 성규가 급하게 고개를 돌렸다.

"에? 어느 한 곳 멀쩡한 곳이 없다니? 다른 곳에도 상처가 났나?"

"멍청한 소리 하기는……. 지금 몸 주인의 상태를 보라고! 가뜩이나 좋지 않은 몸인데 최근에 실연까지 겪어서 우울증에 빠져 있단 말이다. 이 상태면 어떤 병에 걸리더라도 쉽게 낫기는 힘들 걸?"

LYB의 말대로 요즘 이 몸의 주인은 정말 상태가 장난이 아니다.

원체 몸이 좋지 않아 집에만 붙어 있는데 요 근래 하나뿐인 삶의 희망인 여자 친구에게 실연당하고선 우울증에 걸리고 말았다. 그로 인해 지금 몸 내부의 경계시스템은 어느 한 곳 제대로 작동되는 곳이 없다. 그래서 별것 아닌 소그만 상처에도 세균들이 침입하여 이렇듯 곤란을 겪게 되는 것이다.

"그뿐만이 아니야. 최근 잠복해 있던 몇몇 바이러스들이 다시 활동을 할 준비를 하고 있는 것 같아."

체내에 들어오자마자 바로 활동을 시작하는 세균이나 바이러스들도 있지만 일단 감염되면 바로 반응이 나타나지 않고 시간이 지난 후에 발병하는 녀석들도 있어 백혈구들이 적들을 막는 데 상당히 혼란스럽게 된다.

나는 불안한 생각을 떨치고자 일부러 밝은 목소리를 내며 말했다.
"일단 왼팔 겨드랑이 밑 림프샘으로 다 모이라는 연락이 왔으니 얼른 가보자고."
그렇게 불안한 마음을 가지고 우리들은 많은 림프구들과 백혈구들이 모인 림프샘으로 향했다.

혈액은 우리 몸 곳곳을 순환하며 산소와 영양분을 나누어 주는데 그 중 액체 성분이 세포 안으로 스며 들어가서 노폐물과 이산화탄소를 가지고 돌아올 때 미쳐 혈관으로 흡수하지 못하는 일부 액체 성분들이 있다. 그런 성분들이 모여서 따로 돌아가는 길이 바로 림프관인 것이다. 이런 림프관에는 세균이 침입하기 쉬우므로 항상 많은 수의 백혈구들이 림프관이 둥글고 크게 변형된 림프샘에 존재하고 있다.
림프샘, 그것은 림프관의 중간에 있는 일종의 백혈구 집결지 같은 곳인데, 그곳이 있음으로써 림프관을 보호하는 것이다. 그리고 많은 림프샘 중에서도 특히 잘 발달되어 있는 곳들이 있는데 그중 한 곳이 바로 겨드랑이이다.

림프샘에 도착하여 보니 우리가 가장 늦게 도착한 듯하였다.

그곳에는 신체를 수호하는 여러 전사들이 옹기종기 모여 벌써 회의를 하고 있었다.

"벌써 오늘만 세 번의 세균들의 공격이 있었습니다. 이것은 적들이 무언가 일으킬 징조를 나타내고 있다고 생각됩니다. 그러므로 에너지를 좀 많이 소모한다고 하여도 반드시 우리 병사들의 수를 늘리고 경계태세에 들어가야 합니다!"

호중성 백혈구 대표가 발언하였다.

"이보게. 꼭 그리 단정할 일만은 아닌 듯하네. 세균들의 침입이 많다고는 하나 그것은 잠복기의 세균들이 무언가 일으키는 것이 아니라 최근 생겨난 상처들로 인해 일어나는 것이 아니겠는가?"

T림프구 중 하나가 별것 아니란 듯 느릿하게 입을 열었지만 호중성 백혈구 대표는 그렇게 수긍하는 표정이 아니었다.

"이렇게 안일하게 대처하여서는 위기 상황에서 아무 것도 되지 않습니다! 잠복기에 있던 세균들이 한번 활동을 시작하면 한 부위가 잠식되는 것은 순식간입니다. 지난번 독감 바이러스가 침입하였을 때를 벌써 잊으신 것입니까?! 만약 저번처럼 1차 침입 때 면역되어 있는 적들이 아니라면 어찌하시려고 그런 무책임한 말을 하십니까."

적들이 1차로 침입하게 되면 먼저 적들을 공격하는 것은 호중성 백혈구와 대식세포들, 그리고 그들이 건네 준 적들에 대한 정보로 나와 같은 T림프구들은 알맞은 항체를 찾아내고 B림프구에게 항체를 생성하라고 명령한다. 그러면 B림프구들은 순식간에 분열하여 적들을 제압하고 일부는 기억세포로 남아 다음에 같은 적이 2차 침입을 할 때 빠른 시간 내에 대처할 수 있게 되는데, 만약 그러한 기억세포가 있지 않다면 처음 적들을 제압하는 데 많은 시간이 걸리게 되고, 그렇게 되면 많은 피해가 생기는 것을 피할 수 없게 된다. 그러니 호중성 백혈구 대표가 저리 열을 내는 것도 당연한 것이다. 매 전투마다 가장 큰 피해를 입게 되는 것은 바로 호중성 백혈구들과 매크로 파지들이니 말이다. 그들의 시체가 적들의 시체와 함께 고름으로 사라지는 것을 보면 나까지 괜히 슬퍼지는데 그들의 대표야 오죽할까.

"이봐, 조금만 진정하……."
"지금 진정하게 생겼습니까! 지금 이 순간에도 적들이."
"저도 호중성 대표의 말에 찬성하는 바입니다."
끝자리에 앉아 늘 가만히 있기만 하던 NK세포(자연살해세포) 대표가 입을 열었다.

NK세포는 Natural Killer의 약자 그대로 신체 내에서 킬러의 역할을 하는 세포이다. 그는 신체 내의 세포에서 일어난 돌연변이, 끝없이 분열하도록 설정된 세포인 암(癌)세포를 살해하는 일을 맡고 있다. 하는 일 때문인지 원래 그런 것인지 늘 말이 없이 침묵으로 일관하던 그가 입을 연 것을 축복해야 마땅하지만 그 내용은 가벼이 넘길 만한 문제가 아니었다.

"제 부하들이 세포들 사이를 순찰하며 암세포를 사살하던 중 이상한 움직임을 발견 했습니다."

"그게 무엇인가?"

약간은 긴장한 표정의 T림프구가 질문하였다.

"부하 녀석들은 우울증 때문에 좋지 않은 상태라 중간 중간 숨어 있는 암세포들을 사살하는 데 온 힘을 쏟고 있을 때에 옆을 보니 세포들 사이 사이에 정상 세포와 다르게 보이는 이물질들이 있었고, 그 존재들은 점점 분열을 거듭하고 있었다고 하였습니다."

경악한 표정의 T림프구의 표정이 가관이었지만 웃을 타이밍이 아닌 듯하다.

옆에 있던 LYB가 앞으로 나서며 입을 열었다.

"아니, 그럼 어째서 가만히 있었던 것이죠?"

NK세포 대표가 다시 입을 열었다.

"부하들은 최근 우울증에 걸려 면역력이 떨어져 있는 상태를 생각하여 흔한 일이라 생각하고 그냥 넘어 갔었을 뿐이라고 하였습니다. 곧 백혈구들이 올 것이라 생각하면서요. 그리고 최근에 갑자기 많이 생긴 상처들 때문에 더 그렇게 생각하였지만 지금 다시 돌이켜보니 그때 상처가 났었다면 시토키닌이 분비되었을 것인데 그곳은 조용하였으니 아무래도 잠복해 있던 적들일 확률이 높아지는군요."

시토키닌이 하는 일은 셀 수 없을 정도로 다양하지만 간단히 말하자면 일종의 신체 내의 알람이라 할 수 있을 것이다. 그것들은 신체 내의 백혈구 전사들이 다른 적들과 싸울 때 분비되는 화학물질인데, 한 번만 분비되는 것이 아니라 연락을 받은 세포는 또 다른 시토키닌을 분비하며 연쇄적으로 일어나 적들과 싸울 때 필요한 여러 가지 작용들을 일으키는 것을 도와준다. 예를 들면 독감 바이러스가 침입하였을 때 몸의 신진대사를 활발하게 만들어 열이 나도록 만드는 것도 시토키닌이 하는 일이고, 또 감기에 걸렸을 때 졸음이 오는 것 또한 시토키닌이 하는 일이다. 졸음이 오는 이유는 다 알다시피 피로에 찌든 몸은 면역력이 떨어지고 가장 좋은 휴식이 잠이기 때문이다.

이렇듯 여러 가지 역할을 하는 시토키닌이 분비되지 않았다는 것은 면역체계를 담당하고 있는 전사들이 적들을 발견하지 못하였다는 것!

어쩌면 내가 예감하고 있던 불길한 일이 실제로 일어날지도 모른다.

"그럼 대체 그 장소가 어디입니까?"

불길한 생각이 들어 덩달아 다급해진 내가 물었다.

"그곳은…… 왼다리 종아리 중간 부분입니다."

"거기라면……."

"일주일쯤 전에 쓰레기 통 주변에 있던 도둑고양이에게 긁힌 곳이지."

성규가 말을 거들며 나왔다.

"상처가 나자마자 바로 뛰어가 봤지만 몇몇 이물질들을 제외하면 아무것도 없기에 이상하게 생각하며 그냥 돌아왔었는데, 확실히 녀석들이 잠복해 있었다면 그런 것도 그리 이상하지만은 않겠구만."

"그, 그럼. 이렇게 가만히 있으면 안 되지!! 얼른 자네는 뇌에게 요청

하게! 면역체계를 강화시켜야 한다고! 그리고 자네! 자네들은 빨리 가서 왼쪽 종아리 부근에 무엇이 있는지 살펴보고 와! 에, 그리고……."

지금까지 가장 느긋하던 T림프구는 순식간에 야전군 사령관의 목소리를 내며 명령했다.

물론 내가 보기엔 그냥 뒷북치는 것, 그 이상도 이하도 아니지만.

난 내 뒤에 두 녀석들에게 말했다.

"일주일이나 되었으면 벌써 잠복 기간은 거의 끝이 났겠군. 이미 증식을 마친 녀석들은 쉽게 막지 못할 테고. 뇌와 심장이 위험할지도 모르니 우리는 그곳을 지키러 가자."

"오케이!"

막 녀석들과 함께 나가려는 순간, 시토키닌이 감지되었다.

순간 쥐죽은 듯 조용해지는 림프샘.

벌써 늦은 건가?

급하게 심장으로 날려가 보았지만 그곳엔 새까맣게 모인 적들을 맞아 힘겹게 버텨내고 있는 백혈구 몇이 있을 뿐이었다. 물론 그들도 수많은 세균들에게 둘러싸여 얼마 버티지 못하고 쓰러지고 말았다. 나는 더 지체하지 않고 즉시 명령을 내렸다.

"B림프구 제1, 2부대와 호중성 백혈구 연합 1부대는 이곳에 남아 세균들을 소탕하고 나머지 B림프구 제3부대와 나머지 모든 호중성 백혈구연합은 나를 따라 머리로 가서 뇌간을 보호한다!"

뇌간은 뇌에서 여러 가지 정신적인 활동을 하는 대뇌반구와 평형감각과 근육운동을 조절하는 소뇌를 제외한 나머지 부분, 연수, 중뇌, 간뇌 등을 이르는 말이다. 이들은 하나같이 모두 생명 유지에 필수적인 부분들을 담당하는 곳이라 조금이라도 손상이 갔다간 뇌사 상태가 되어버려 생명에 위협이 올 수도 있는 아주 중요한 곳이다.

나는 부디 늦지 않길 빌며 나의 뒤를 따르는 백혈구들과 함께 혈관을 따라 뇌로 향했다.

잠시 후

내 필사적인 바람이 닿았는지 뇌 부분에는 아직 그렇게 많은 적들이 모여 있지 않았다.

"돌격! 저들에게 백혈구의 힘을 보여주라고!"

"와아아아아아!!"

순식간에 전장을 점령해 가는 백혈구들, 그들 앞에 속수무책으로 당하는 세균들을 보며 보조T림프구들은 저마다 안도의 한숨을 내쉬었다.

"생각보나 피해가 심각하지 않아시 다행이군요."

"그래요! 전 정말 뇌가 두쪽이라도 나 있을 줄 알았는데."

"그러게 말입니다. 하핫!"

슬슬 정리가 되어가는 전장과 안도하고 있는 보조T림프구들과는 달리 나는 무엇인가 불안한 느낌을 지울 수가 없었다.

새로운 바이러스가 침입한 지 벌써 일주일이나 지났다고 하였다.

이미 잠복기가 끝나고 활동기에 접어든 적들일 터인데 아무런 움직임이 없다니.

무언가 일어나고 있는 것 같은데……

"무슨 생각을 그렇게 하나?"

곁으로 다가온 성규가 정리된 전장을 바라보며 한숨짓는 걱정스러운 내 얼굴을 보곤 덩달아 심각해져서는 말을 걸었다.

"아아, 뭔가 수상하단 말이지"

"엥? 좋게 좋게 끝나가는 마당에 무슨 봉창 두드리는 소리를 하는 거야~"

"그렇긴 한데, 뭔가 미심쩍단 말이지."

여전히 굳은 표정인 내게 성규는 다가와서 가슴을 쭉 펴고 어깨를 툭툭 치며 말을 했다.

"짜식! 역시 넌 이 형님이 지켜주지 않으면 안 되는 여린 존재인 것이군!!

이리 와서 이 넓은 형님의 품에 안기려므나! 너의 불안까지 모두 감싸주지! 하하하하!!"

"…… 머리까지 근육으로 꽉 찬 마쵸맨 같으니."

"뭣이! 이 형님이 손수 너를 위로해 주기 위해서 넓은 아량으로 감싸려 했거늘!!"

"아아, 사양하지!"

"흑…… 역시 아들 녀석은 백날 키워봤자 소용없어."

"누가 니 아들이라는 거냐?"

그렇게 토닥거리며 녀석의 되지도 않는 위로에 긴장이 풀어지려 할 무렵.

"큰일 났습니다!!"

위기는 찾아왔다.

"……."

정적만이 감도는 귀 밑 림프샘.

심장과 뇌 부근에서의 경이로울 정도의 승리를 하고서도 이곳에서는 승리의 함성은커녕 주위의 공기도 얼릴 듯한 지독한 고요함만이 남아 있었다.

"결국, 끝인건가."

LYB는 분노와 절망감, 그리고 자신의 임무를 다하지 못했다는 죄책감이 버무려져 악다문 입술 사이로 쥐어짜듯이 말했다.

조금 전.

성규와 내가 투닥이며 긴장을 풀고 있을 때 달려온 킬러T세포는 그야 말로 절망적인 보고를 해주었다. 모든 백혈구들이 심장과 뇌를 보호하기 위해서 몰려 간 사이, 숨어 있던 적들이 모두 나와 모든 신체 부위를 점거하였다고.

"적들의 기세를 보니 이곳까지 오는데 얼마 걸리지 않을 것 같습니다!"

킬러T림프구는 다급하게 말했다.

"이런, 시원하게 뒤통수를 맞아버렸군."

"이런 비열한 녀석들!! 이러고 있을 때가 아니지! 빨리 출전을 해!"

호랑이도 제 말 하면 온다더니.

새까맣게 몰려드는 적들을 보니 정말이지 기가 질려버렸다.

하지만 아군을 지휘하는 입장으로써 포기란 말은 결코 있을 수 없다!

"호중성 백혈구 연합은 모두 돌격해서 적들이 다가오는 것을 막아주시오! 그리고 B림프구들은 빨리 진영을 갖추고 기억세포에 있는 인플루엔자 바이러스 대항 항체를 생성하시오!"

달려나가는 호중성 백혈구들은 범상치 않은 적의 숫자에 움찔했지만 기억세포에 남아 있는 적의 정보로 만들어내는 항체에 모든 희망을 걸고 잠시만 버티면 된다는 생각으로 몸을 던졌다. B림프구들은 세균이나 바이러스가 우리의 몸을 침범했을 때, 적들을 모두 물리친 뒤에 훗날 다시 적들이 쳐들어 올 것에 대비해 '기억세포'를 만들어 두는데 이것이 면역이다.

백신도 이런 시스템이다. 약하거나 무력하게 만든 바이러스와 세균을 사람의 몸에 주사하여 백혈구들이 약해진 적들을 모두 무찌르고 나면 기억세포가 형성되어 적들이 2차로 침입할 때 빠르게 대처할 수 있게 되는 것이다.

기억세포만 믿고 백혈구들이 죽을 각오로 달려듦에도 불구하고 적들은 상당히 강했고 전장의 옆으로는 적들인 바이러스와 세균, 그리고 아군 백혈구들의 시체로 고름이 생겨 강을 이뤘다.

아군의 반 가량이 사라졌을 즈음.
"이제 됐어! 이 항체면 저런 적들 쯤이야!"
가장 먼저 항체를 만들어낸 B림프구가 들뜬 음성과 함께 항체를 날렸다.
그러나…….

"이게 이렇게 된 일이지?"

적의 단백질 구조에 맞게 만들어진 항체에 적들이 엉켜 힘을 못 써야 정상이지만 적들은 여전히 건재하였다.

나는 절망감에 휩싸여 입을 열었다.

"설마……."

항체는 적의 단백질 구조에 맞춰 만들어지게 된다. 즉, 적에게 맞지 않는 항체는 전혀 무용지물이 되는 것이다.

"이제까지의 단순한 인플루엔자가 아닌 건가……?"

그에 대한 대답이라도 하듯 항체를 뚫고 수많은 바이러스들이 몰려들었고, 항체가 생성되기만을 기다리며 힘겹게 버티고 있던 백혈구들에게는 죽음의 선고와 같았다.

그 후로 파죽지세로 밀려들던 바이러스를 막지 못하고 뇌를 제외한 모든 곳을 점령당하여 결국 남은 것은 뇌와 귀 밑 림프샘 한 곳 밖에 없게 되었다.

실의에 잠겨 있는 백혈구들 사이에선 작은 한숨소리도 크게만 들렸나. 백혈구의 존재의 이유인 몸을 지켜내는 전쟁에서 진 백혈구들에겐 한숨을 쉴 자격조차 없는 것일까.

날이 어두워져 태양이 적갈색 물결에 차츰차츰 잠겨 그 빛을 잃어가듯 절망이란 감정은 너무나도 쉽게 백혈구들 사이에 퍼져버렸고 더 이상 저항할 힘을 잃어버린 것 같다.

"적이 몰려오고 있습니다!"

항체를 한 번이라도 더 날리고 숨을 다 하겠다는 듯 열정적으로 백혈
구들의 임무를 자각시키는 B림프구의 외침에도 백혈구들의 반응은 회
의적이기만 했다. 아니 이제 정말 끝이라는 말에 몇몇 백혈구들은 벌써
포기해버린 듯했다.

"이럴 때가 아니에요! 어서 항체를 만들고 싸울 준비를 하지 않으
면……!"

피를 토하며 외치는 B림프구의 마지막 외침이 채 전해지기도 전에 날
카로운 촉수가 날아와 그를 꿰뚫고 말았다.

"이봐, 이봐. 이제 웬만하면 포기하라고~ 정말 보기에 안쓰럽구만. 크
크큭."

조그마한 림프구에 다닥다닥 모여 겁에 질린 눈빛을 하고 있는 우리
들을 보며 하찮다는 듯 비웃어대는 대장으로 보이는 바이러스를 보곤
더 이상 참을 수 없었던지 LYB가 벌떡 일어났다.

"비열하게 숙주에 기생해서 그 더러운 자손을 이어가는 네놈이 그런
말을 할 자격이 있다고 생각하느냐!!"
"호오. 그럼 그 더러운 자손의 손에 그 비참한 목숨을 다 하는 건 어떤
가? 흐흐."

"뭐 이딴 자식이! 네놈을 당장 이 항체로!!"

"일반 독감 바이러스에 의해 만들어진 그 항체는 내겐 전혀 통하지 않지. 크크. 그걸 아직도 깨닫지 못 하는 건가?"

"크윽."

LYB는 수많은 항체를 생성해내었지만 하나도 날리지 못하고 손만 부들부들 떨고 있었다.

어쩔 수 없지. 신종인플루엔자인 녀석에게 맞는 항체는 우리의 기억 세포에 남아 있지 않으니……

분하더라도 반격할 수가 없는 것이다.

"후후. 이제 저 가엾은 백혈구들의 목숨을 모두 끝내주도록 해라!!"

제 세상을 만난 듯 날뛰는 바이러스에게 대항할 항체를 잃어버린 백혈구들은 내 눈앞에서 무참히 찢겨져 나갔다. 나도 더 이상 어쩔 수 없다는 것을 사각하고서는 이젠 정말 포기했다.

'그들이 있었다는 것을 조금만 더 일찍 알아챘더라면. 아니 그 전에 상처를 한번만이라도 소독했더라면…….'

바이러스의 것으로 보이는 촉수가 내 세포막을 뚫고 자신의 DNA를 주입하는 모습을 끝으로 영원이 걷히지 않을 것만 같은 어둠이 덮혔다.

.

.

.

.

.

대구의 동성 아파트 단지의 평화로운 아침. 그곳의 고요함을 깨는 한 소리가 있었으니……

"으으음, 으그으 으헉!! 헉헉."

악몽이라도 꾼 듯 전신이 땀으로 젖어서는 급히 숨을 들이키며 기름으로 떡진 머리를 들어 올리는 남자는 아직도 꿈에서 헤어나오지 못한 듯 헉헉 거리며 숨을 고르고 있었다.

"휴우. 후으. 진짜 끝인 줄 알았잖아."

그는 반쯤 걸친 이불을 발로 걷어내곤 꿈에서 꿰뚫린 자신의 가슴을 천천히 쓸어내리다가 어젯밤에 고양이에게 긁힌 상처를 발견했다.

"부어 올랐네."

크게 난 상처가 아니라 대수롭게 여기지 않고 그냥 침대로 몸을 던졌었는데 지금 와서 보니 자신을 돌보지 않는 무책임한 주인에게 항의하듯 상처는 붉게 달아올라선 부어 있었다.

"쩝. 꿈 때문은 아니라고"

누구에게 하는 말인지 모를 말을 하며 그는 책장 구석에 옅게 먼지가 쌓인 구급상자를 꺼내들어 상처에 소독약을 바르고 새 살이 솔솔 난다는 연고까지 바른 뒤 마무리로 반창고를 붙였다.

간만에 일찍 일어난 일요일 아침에 적응이 되지 않는 듯 소파에 앉아 아침햇살을 쬐며 방금 전까지 꾸던 꿈을 생각하며 멍 때리고 있던 그는 문득 무슨 생각이 들었던지 갑자기 벌떡 일어나선 손과 발을 깨끗이 씻기 시작했다.

학교에서 나누어 주었던 '손씻기 6단계'까지 지켜가며 철저하게 손과 발을 씻고는 욕실 밖으로 나와 여러 가지 옷가지와 책, 그리고 먼지로 버무려진 자신의 방을 보고선 뭔가 결심한 듯이 결연한 눈빛을 띠우곤 청소를 하기 시작했다.

방 청소는커녕 설거지도 하기 귀찮아 해서 매 끼니를 종종 컵라면으로 때우곤 하던 그에게 금쪽 같은 일요일 오전 시간을 대청소로 보낸다는 것은 거의 기적과도 같은 일이다.

그렇게 아침부터 분주한 아파트를 보며 담장 위에 앉아 한가한 하품을 하던 한 눈이 빨간 도둑고양이는 뭔가 모를 뿌듯한 미소를 남기고는 담장에서 뛰어내려 햇살이 만발한 공원으로 여유로이 걸음을 옮겼다.

Interesting Science Story

Bonding

이 영 빈

Dear **LYB도사**

이보게, 요즘은 살다보면 이 세상이 무엇인가 하는 의문이 들곤 한다네.

도대체 내가 허리에 차고 있는 이 검은 어디서 왔으며, 이 검에 내가 마시고 있는 물은 또 무엇인가 말일세. 박학다식하다고 알려진 자네라면 내 의문을 좀 풀어줄 수 있을까 하여 이렇게 편지를 보내네.

P.S. 흠흠. 이때까지 놀렸던 것은 잊으시게나.

from **알천랑**

Dear **알천랑**

호호, 나를 공부만 하여 힘이 하나도 없어 칼 하나도 못 휘두르는 사람이라고 놀리던 자네가 웬일인가?

아, 걱정하지는 말게. 내가 자네처럼 자기와 다르다고 놀리고 또 그런 것을 마음에 담아두는 그런 속 좁은 사람은 아니니 말일세.

'세상은 무엇인가?' 그 말인가? 사실 우리가 이 세상이 만들어지고 나서 태어났기 때문에 이것이 진실이다 저것이 진실이다 하기에는 무리가 있는 것은 사실이지.

그러나 이 세상에서 일어나고 있는 여러 가지 상황들을 가장 효과적으로 설명할 수 있는 어떤 원리가 있다면 그것이 가장 진실과 가깝지 않겠는가?

자네에게는 생소한 말일지 모르나 이 모든 세상은 '원소'라는 기본 단위로 이루어져 있다네.

음. 예를 들어서 자네가 먹는 김치를 예로 들어 보면, 이 김치란 것은 원래 고춧가루, 배추, 마늘, 소금과 같은 재료들이 섞여 만들어진 것일세. 김치가 이렇게 여러 가지 기본 재료로 이루어져 있는 것처럼 이 세상도 원소라는 기본 재료로 이루어져 있다네. 이렇게 생각하는 것이 가장 쉽게 이해할 수 있을 걸세.

자네라면 그냥 '그렇군' 하면서 넘어갈 수 있으나 덕만이 정도 되는 애라면 이렇게 넘어가진 않겠지. 분명 덕만은 '그럼 원소는 어떻게 생겨난 건가요?'라고 물어볼 걸세. 원소들은 어디서 왔는가. 사실 이들은 우주가 생겨날 때부터 존재했을 것이라고 생각되는 것이 보편적이지.

하지만 원소들의 종류에 따라서 그 생성 기원이 조금 다르다고 알려져 있네.

우선, 우주가 생성될 때 일어난 대폭발로 수소와 헬륨이라는 원소가 생겼네. 위에서 말했던 예를 들자면 고춧가루와 배추 정도가 생겨났다 이렇게 생각하게.

그리고 밤에 빛나는 별이 진화하는 과정에서 탄소, 산소, 마그네슘, 규소 이런 것들이 만들어지고 자네 검을 이루고 있는 철이란 원소도 만들어지지. 그런데 철보다 무거운 원소들이 만들어지는 과정은 약간 다르다네.

위의 원소들은 별이 진화하는 과정에서 만들어지나 철보다 무거운 원소들은 별이 폭발하는 과정에서 만들어졌다네.

정리하자면 수소와 헬륨은 대폭발 때, 탄소, 산소, 마그네슘, 철 등은 별이 진화할 때, 철보다 무거운 원소들은 별이 폭발할 때 만들어졌다는 것이지.

아, 오늘은 학당에 나가야 하니 그만 써야겠네. 나의 글이 도움이 됐으면 좋겠군.

from **LYB도사**

Dear **LYB도사**

자네, 똑똑하긴 하구먼. 나 나름대로 이해를 했네. 그러니까 이 세상은 원소라는 기본 단위로 이루어져 있고, 이 원소는 우주의 생성 과정과 별들의 진화, 폭발 과정에서 각각 생겨났다 이 말이구먼.

그러면 물은 그냥 '물'이라는 이름의 원소인가? 아, 원소들은 재료라고 했으니 그냥 하나로 이루어져 있지는 않겠군. 배추 보고 김치라고는 하지 않으니 말일세.

그럼 물은 어떤 원소로 이루어져 있고, 그 원소들은 어떤 요리 과정을 통해서 물이 되는 건가? 학문이란 것을 알고 나니 자꾸 궁금증이 생기는군. 하루 빨리 답장을 보내주시게.

P.S. 내가 이런 질문을 한다는 것을 다른 사람에게는 알리지 말아주게나. 내 체면이 있으니 말일세.

from **알천랑**

Dear **알천랑**

평상시와 다른 자네의 학구열을 접하고 보니 놀랍고도 신이 나네 그려. 바로 본론으로 들어가겠네.

자네 말대로 물이란 것은 '물'이라는 원소로 이루어진 것이 아니라 수소라는 원소와 산소라는 원소가 '공유결합'이라는 요리 과정을 통해서 만들어진 것일세.

이 요리 과정을 이해하려면 우선 수소와 산소의 차이점을 알아야 하네.

원소들은 양성자와 중성자, 전자라는 것으로 이루어져 있으며, 양성자와 중성자가 중앙에 밀집되어 있고, 그 주위를 전자들이 감싸고 있는 구조로 되어 있네. 그리고 양성자 수와 전자 수는 같지.

수소와 산소의 차이점을 결정짓는 것은 바로 양성자수일세. 수소는 양성자수가 1개이고, 산소는 8개이기 때문에 서로 다른 특징을 지니게 된 것이지. 수소는 제일 바깥쪽 전자가 2개일 때 안정을 취하고, 산소는 제일 바깥쪽 전자가 8개일 때 안정을 취한다네. 그런데 아까 말했다시피 양성자수와 전자수는 같기 때문에 수소는 전자 1개를, 산소는 전자 8개를 가지고 있다네.

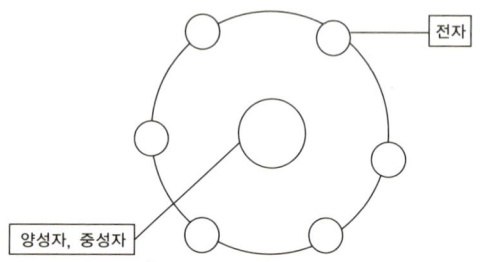

수소는 전자 1개가 제일 바깥에 있기 때문에 총 전자수나 제일 바깥쪽 전자수가 같지만, 산소는 8개의 전자 중 2개는 안쪽 궤도에 존재하고, 나머지 6개는 바깥쪽 궤도에 존재하기 때문에 총 전자수는 8개이나 제일 바깥쪽 전자는 6개이네.

그런데 자세히 보니 산소 1개와 수소 2개가 어떻게 잘 만나면 서로 좋아질 것 같지 않은가? 수소와 산소가 자신이 가지고 있는 전자 하나씩을 공유해서 가지는 것이지. 그렇게 되면 산소는 2개의 수소에게서 각각 하나씩 전자를 받아 전자가 8개가 되어 안정을 취할 것이고, 수소 2개는 각각 산소에게서 1개의 전자를 받아 안정을 취한다네.

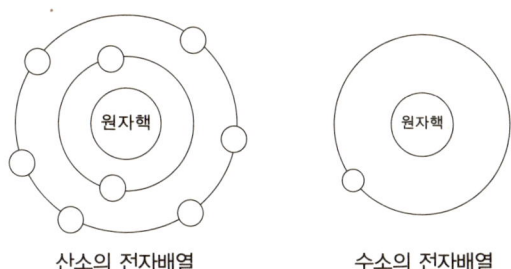

산소의 전자배열   수소의 전자배열

이렇게 서로 안정을 취하기 위해 수소 2개와 산소 1개가 결합한 것의 완성품이 바로 물이지. 이것을 H_2O라 하네.

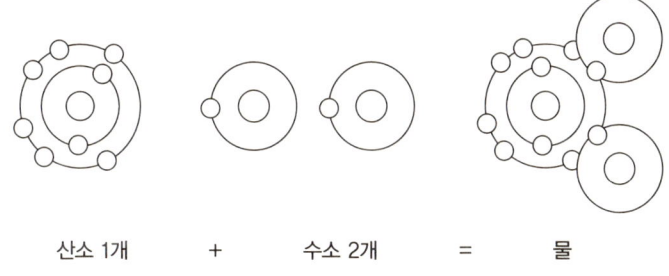

산소 1개   +   수소 2개   =   물

다시 말해 '공유 결합'이라는 요리 과정은 서로의 전자가 부족해 서로서로 전자를 공동 소유로 만들어서 같이 가지는 결합이라네. 이렇게 생각하면 될 것일세.

자네의 나라인 신라에서도 이런 식의 정치가 이뤄진다면 좋지 않겠는가?

오늘은 이만 쓰도록 하지. 궁금한 것이 있다면 언제든 묻게나.

from **LYB도사**

Dear **LYB도사**

물이란 것은 참으로 신기하게 만들어지는군. 이 대자연을 이루고 있는 물은 마음씨 좋은 수소와 산소가 서로를 위해 전자를 공유해 만들어진 것이었다니……. 정말 자연에게서는 배울 게 많군. 오늘 마침 호수를 구경하고 와서 그런지 더욱 물이 존경스러워 보인다 이 말일세. 허허허.

아참, 그런데 오늘 호수를 구경하다가 소금쟁이가 물 위에 떠 있는 것을 보았네. 사람은 물 위에 뜨지 못하는데 어찌 소금쟁이는 물 위에 뜰 수 있는 것인가?

그것 참 신기해서 소금쟁이 한 마리 잡아다가 내가 먹던 술잔에 떨어뜨려 보았는데 이번에는 뜨지 못하고 가라앉더군. 역시 나의 기세에 눌린 것이겠지? 역시 난 대단한 화랑일세.

아무튼 왜 소금쟁이가 물 위에 뜨는지 그것을 좀 가르쳐 주게.

from **알천랑**

Dear **알천랑**

풋, 푸푸풋!! 자네 기세에 눌렸다고? 나는 물 위에 떠 있는 소금쟁이를 그 자리에서 가라앉게 만들 수도 있으니 자네보다 내 기세가 더 센 것인가? 하하하하! 웃기는 화랑일세 그려.

아무튼 궁금하다니 알려주겠네. 우선 소금쟁이에 대해서 얘기하기에 앞서 하나 빼먹은 것이 있어 얘기를 하네. 수소 2개와 산소 1개가 공유 결합해서 만들어진 것을 H_2O라고 한다고 했었지? 이것을 물 한 '분자'라고 하네. 자네가 보는 물은 이런 물 '분자'가 엄청나게 많이 모여 있다고 생각하면 될 걸세. 이 분자라는 말은 '공유 결합'이라는 요리 과정에서 생성된 음식에만 붙이는 용어라는 것도 참고로 알아두게.

이런 물 분자들이 많이 모여 있는 것이 우리가 보는 물인 것인데 이 물 분자들끼리는 다른 것들에 비해서 서로를 당기는 힘이 강하다네. 그래서 촘촘하게 붙어 있지. 그리고 자네 기름을 물에 부으면 기름과 물이 따로 분리되어 있는 것을 본 적 있겠지? 이것은 물은 극성이고 기름은 무극성이라서 서로서로 섞이지 않으려고 하기 때문이네(극성, 무극성 뭔가 정반대의 느낌이 오지 않는가?). 물 분자들의 강한 인력, 기름과 물의 섞이지 않는 성질 이 두 가지가 소금쟁이가 물 위에 뜨는 비밀일세.

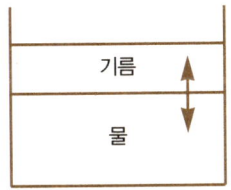

서로 친하지 않음

소금쟁이는 워낙 가벼운데다가 발 끝에 기름 성분이 있어서 물과 잘 섞이지 않지. 그리고 물이 촘촘하게 있어서 수막을 형성하고 있어서 빠지지 않는 것이지. 대충 이해하겠나?

그리고 자네가 술잔에 소금쟁이를 넣었을 때 소금쟁이가 가라앉는 이유는 자네의 기가 세서가 아니라 술은 물보다 서로 간의 인력이 작아 덜 촘촘해서 소금쟁이 발이 쑥쑥 빠진다고 생각하면 되네.

이런 원리를 이해한다면 내가 물 위에 떠 있는 소금쟁이도 가라앉게 할 수 있다고 했는 말을 이해할 수 있을 것일세. 아, 물론 자네가 아니라 덕만이 말일세. 덕만은 분명 '물의 인력을 약하게 하면 물 위에서 소금쟁이를 가라앉게 할 수 있을 것 같네요' 라고 할 것일세.

정답일세. 물의 인력을 약화시키려고 넣어주는 것을 보통 '계면활성제' 라 하는데, 쉽게 우리 주변에서 볼 수 있는 것은 비눗물일세. 비눗물을 넣으면 물의 인력이 약해져 소금쟁이가 가라앉게 되겠지.

오래 설명했더니 힘들군그려. 오늘은 이만 쓰도록 하겠네. 아무쪼록 이해를 해주시게나.

P.S. 혹여 이 편지를 알천랑이 아닌 사람이 본다면, '너무 기본적이고 쉬운 것만 가르치는데 도산가?' 하면서 나를 욕하는 게 아닌가 모르겠네. 알천랑의 수준을 생각해야지. 일선랑 자네는 어디 가서 자네 기가 세서 소금쟁이가 가라앉았다고 하지 말게나.

from **LYB도사**

음음. 농담을 왜 그렇게 심각하게 받아들이는 것인가! 아무튼 고맙네. 덕분에 잘 이해가 되었어. 그런데 김치에 들어가는 소금은 어떤 원소로 만들어진 건가? 이것도 공유 결합을 하는 것인가? 자꾸 물어서 미안하네.

P.S. 자네가 편지 쓰는데 드는 돈은 여기 편지와 함께 붙이네. 내 이거 계속 묻기만 하려고 하니 미안해서 그러네. 이거라도 받게. 설마 너무 적다고 편지를 안 쓰는 것은 아니겠지? 허허허!

from **알천랑**

돈까지 주다니. 이왕 주는 거 수업료도 주게. 허허. 아무튼 고맙네. 자꾸 물어보니 오히려 내가 기분이 좋네그려. 어디서 신구 무식하다는 소릴 들으면 나도 기분이 좋지 않으니 말일세.

소금은 이때까지 설명한 공유 결합과는 다른 이온 결합이라는 요리 과정을 거치지만 사실 이 사이에 명확한 기준은 잡기 힘드네. 공유 결합이 서로 전자를 공유해서 안정해진다면 이 이온 결합이라는 것은 한쪽이 상대방 것을 완전히 빼앗아서 안정해지는 것이라고 보면 이해가 빠를 것일세. 근데 사실 물도 산소가 공유하고 있는 전자쌍을 사실 더 가깝게 가지고 있다네. 그래서 저번에 얘기했던 극성이라는 성질이 생기게 되는 것이지.

어떻게 보면 산소가 수소의 전자를 빼앗아 버렸다고 볼 수도 있다는 것이지. 그래서 어느 정도 기준을 두어서 전자쌍이 중간과 크게 떨어져 있지 않으면 공유 결합으로 보고, 많이 떨어져 있으면 이온 결합이라고 본다네.

자, 그럼 이온 결합을 자세하게 설명하도록 하겠네.

소금은 나트륨(Na)과 염소(Cl)라는 원소가 결합해 형성되네. 그런데 나트륨은 제일 바깥의 전자가 1개이고, 염소는 제일 바깥의 전자가 7개네. 그러면 어떻게 해야 할까?

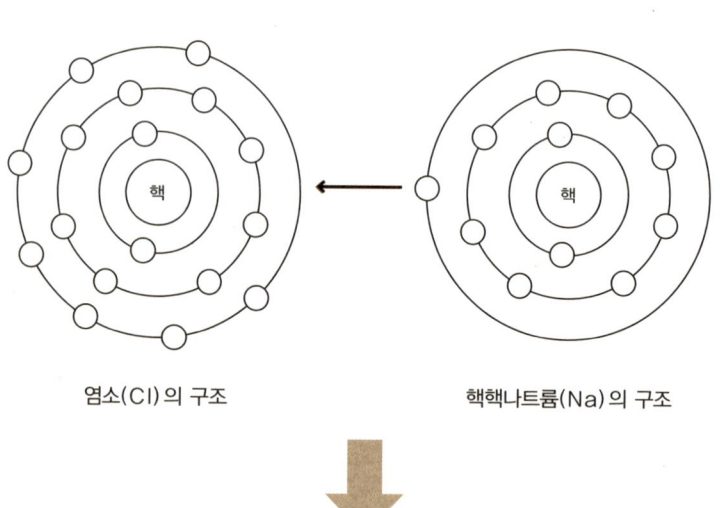

염소(Cl)의 구조   핵핵나트륨(Na)의 구조

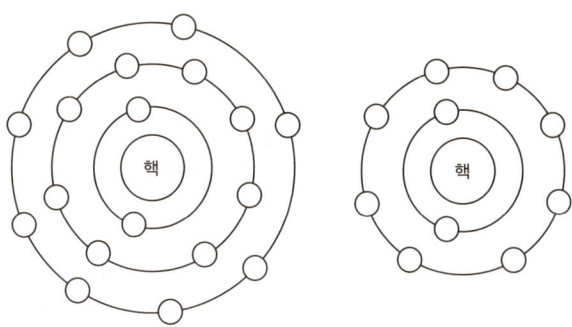

이때는 나트륨의 제일 바깥의 전자가 완전히 염소에게로 가버려 염소는 8개가 되고, 나트륨의 제일 바깥의 전자는 사라지게 되지. 그러면 바로 안에 있던 전자들이 제일 바깥이 된다고 볼 수 있네. 다행스럽게도 그 바로 안의 전자들은 8개가 있어 서로서로 안정해 질 수 있네. 그런데 여기서 신기한 일이 벌어지지. 염소는 전자를 하나 받았기 때문에 −라는 성질을 나타내는 −이온이 되고, 나트륨은 전자를 하나 잃었기 때문에 +라는 성질을 나타내는 +이온이 되는데 이 둘 사이에 정전기적 인력, 즉 다른 말로 쿨롱의 힘이라는 것이 작용해 결합하게 되지. 이것을 이온 결합이라고 하네.

+옆에 −가 붙고 그 −옆에 +가 붙고 또 −, +, − 이렇게 붙게 될 거란 것을 예상할 수 있겠나? 따라서 공유 결합과 달리 +−+−+− +−+− 이렇게 연속적으로 결합하기 때문에 어디까지가 하나의 분자다 라고 말할 수 없어서 이온 결합에서는 분자라는 용어를 사용하지 않네.

이 인력은 공유 결합으로 이루어진 분자들 사이의 인력보다 더 크기 때문에 물은 액체라는 상태로 존재하지만 소금은 고체라는 상태로 존재하게 되는 것일세.

오늘은 이만 쓰도록 하지. 이해하길 바라겠네.

P.S. 참고로 말하자면 물질은 기본적으로 세 가지 상태를 가지는데 가장 강한 인력을 형성하고 있는 상태를 고체, 그 다음을 액체, 가장 인력이 적은 상태를 기체라고 하지. 그렇기 때문에 인력이 큰 이온 결합 물질이 상대적으로 고체로 많이 존재하고 공유 결합으로 이루어진 물질은 액체나 기체로 존재하게 되는 것이지.

from **LYB도사**

Dear **LYB도사**

편지 잘 받았네.

요약하자면 공유 결합과 이온 결합을 결정하는 것은 그 기준이 모호하긴 하나 간단하게 말해서 어느 한쪽이 전자쌍을 완전히 빼앗으면 그것은 이온 결합, 두 쪽이 서로 공유하고 있으면 공유 결합이라고 힌디는 기군. 그리고 이온 결합은 한쪽이 전자를 완전히 얻어 −가 되고, 한쪽이 완전히 전자를 잃어 +가 되어 그 인력 때문에 서로 결합을 한다고 볼 수 있다는 말이 아닌가? 또 그 인력은 공유 결합보다 강하기 때문에 소금은 고체로 존재하고, 물은 액체로 존재한다는 것이군 그래!.

아, 어느 정도 이해가 되었네. 고맙네. LYB도사. 나중에 다른 궁금증이 생기면 또 연락하겠네.

from 알천랑

Dear 알천랑

자네 생각보다 머리가 좋구먼.

묻지는 않았으나 내 좀 더 자세히 가르쳐줄 테니 이해가 되면 이해하고 이해가 안 되면 신경 안 써도 상관없네.

공유 결합은 예전에도 말했듯이 원자들 간에 전자를 공유함으로써 화학 결합을 형성하는 것일세. 그런데 여기에 특별한 것이 하나 있는데 바로 한 원자가 일방적으로 전자쌍을 다른 원자에게 제공하여 형성되는 결합이 있다는 것일세.

이런 결합을 배위 결합이라고 하는데, 이것은 크게 봤을 때 공유 결합 안에 들어가는 개념이라고 볼 수 있네.

배위 결합은 결합에 참여하는 전자쌍이 전자가 풍부한 한쪽으로부터 일방적으로 제공되지만, 양이온과 음이온이 먼저 형성된 후 정전기적 인력이 작용하는 이온 결합과는 다르네.

배위 결합은 결합이 형성된 후 전자쌍이 두 원자 사이에 공유된 상태로 존재하기 때문에 공유 결합으로 분류되는 것일세.

아참, 어제 덕만이가 물이 촘촘히 모여 있다는 소리를 듣고 수소와 산소가 얼마나 가깝게 결합하기에 촘촘해요? 라고 묻더군.

사실 덕만이는 분자 사이의 인력과 원소의 결합을 잘못 이해하고 있는 것일세.

저번에 말했던 것은 물 분자 사이의 인력이 강해서 술보다 촘촘히 있다는 것이었고 수소와 산소가 결합하는 거리는 이것과는 다르네. 공유 결합을 이루고 있는 두 원자 사이의 일정한 거리를 공유 결합 길이라고 하는데, 두 원자는 전자를 공유하기 위해 서로 가까이 있는 것을 선호하기 때문에 가까우면 가까울수록 안정해진다고 생각할 수 있지. 하지만 어느 거리 이상으로 가까워지면 전자들은 -를 띠고 있어서 서로 반발하기 시작한다네. 그래서 어느 거리 이상이 되면 그 반발력 때문에 에너지가 급격히 상승하게 되지. 결합은 안정해야 제 맛이라고 하지 않았나? 그렇기에 그 반발력과 인력이 서로 조화를 이루는 가장 최적의 거리에서 결합을 유지하게 된다네.

이 과정에서 산소 쪽으로 전자쌍이 약간 치우쳐 산소가 매우 작지만 어느 정도 -성질을 나타내고 수소가 +성질을 나타내게 되어 극성이라는 성질을 가지는 것이지.

이 때문에 서로 다른 분자의 수소와 산소가 강하게 수소 결합이라는 것을 형성하게 되고(이것은 분자간의 결합이네.) 술보다 촘촘히 배열될 수 있는 것이지. 어때 좀 이해하겠나?

다시 말해 물이 촘촘히 있는 것은 원자 간의 결합 때문이 아닌 물분자 사이의 결합 때문이다 이 말일세.

혹시 물에다 소금을 넣어본 적 있는가? 물에다 소금을 넣으면 마치 소금이 사라지는 것처럼 물 속으로 녹아 들어간다네.

자네 허리에 찬 검은 아무리 넣어도 물에 안 녹는데 말일세.

이온 결정은 일반적으로 물에 잘 녹는데, 이는 해리된 양이온과 음이온이 물 분자와 강한 인력을 형성하기 때문일세. 이온 결정은 고체 상태에서 작용하는 이온간 인력에 의한 에너지보다 물 분자에 의해 수화됨으로써 이온의 안정되는 에너지가 더 크기 때문에, 수용액 속에서는 격자를 형성하려고 하기보다는 물에 녹으려고 하지. 예전에도 말했지만 세상의 대부분 현상들은 안정되기 위해서 일어난다고 했네. 소금이 물에 녹는 것도 소금끼리 뭉쳐서 안정해지는 것보다 물에 녹아 있는 것이 더 안정하기 때문에 물에 녹는다고 이해하면 될 걸세.

그렇다면 검은? 간단하게 생각하게나. 그 상태로 있는 것이 훨씬 안정하기 때문이라네.

너무 장황하게 쓴 것 같기도 하구먼. 내 다음번에 다시 쓰도록 하지.

from LYB도사

Dear LYB도사

나에게 하나라도 더 알려주기 위해서 노력하는 자네의 모습이 고마울 뿐일세.

오늘은 칼을 하나 새로 구입하기 위해 대장간
에 갔다네.

마음에 드는 칼이 없어 새로운 칼을 하나 주문하
고 그 제작 과정을 잠시 지켜보았는데 나무토막만한
쇳덩이가 달구어지고 두드려지고를 반복하다보니 어느 새
긴 장칼로 변하더군.

나무토막이나 소금과 같은 것들은 두드리면 쉽게 부서지던데 이
쇳덩이는 신기하게도 늘어나기만 할 뿐 부서지지는 않더군. 이 사
실에는 뭔가 숨겨진 진실이 있는 것인가? 혹시 또 다른 결합으로
이루어진 물질인가?

from **알천랑**

Dear **알천랑**

마침 그와 관련된 결합에 대해 설명해 주려던 차에 물어오다니,
정말 잘 되었구먼.

원래 일방적으로 듣는 것보다 자신이 궁금하게 여기던 것을 들을
때 훨씬 이해도 잘 되고 재미있게 들리는 법이지.

자네가 가지고 있고 또 화랑들이라면 누구나 가지고 있을 검은 보
통 철이라는 원소로 이루어져 있다네.

우리가 이때까지 배운 결합으로 공유 결합과 이온 결합이 있지.

그렇다면 검은 공유 결합과 이온 결합, 둘 중 하나의 결합으로 이

루어져 있는 것일까? 라고 가정을 해보도록 하세.

검이 만약 공유 결합이라고 하면 분자가 형성될 것이고, 그 분자들 끼리는 인력이 약해 액체 상태나 기체 상태로 존재해야 할 터인데, 검은 고체 상태이니 공유 결합이라고 보기에는 힘든 점이 있네.

그렇다면 검은 이온 결합으로 이루어졌을까?

이온 결합으로 이루어져 있다고 가정을 해도 설명하기 힘든 부분이 있다네.

이온 결합으로 이루어져 있다면 이렇게

```
+-+-+-+-+-+
-+-+-+-+-+-
```

되어 있을 것인데 자네가 대장간에서 본 것처럼 이것을 두드린다면 어떻게 될 것인지 상상이 가나?

중간이 움푹 들어가서 이런 식으로

```
+-+  -+-+-+
-+-  -+-+-+-
```

되어 -끼리 반발이 일어나 소금처럼 깨지고 말 것일세.

그런데 검은 깨지지 않지.

그렇다면 이제는 어떤 새로운 결합을 생각해 봐야 하지 않겠나?

예전에 말했다시피 원소에는 양성자와 전자가 같은 수만큼 들어 있어 중성 상태를 유지하고 있다네. 그리고 전자는 양성자와의 인력에 의해서 쉽게 말하면 양성자에 구속되어 있는 상태이지.

그런데 만약 이 구속된 전자들이 구속에서 풀려난다면 어떻게 되겠는가?

물론 구속에서 풀려날 가능성이 제일 큰 전자들은 아무래도 양성자와 가장 멀리 떨어져 있는 최외각 전자들이겠지.

구속에서 벗어난다면 원자는 양성자수가 상대적으로 많아져 양이온 상태가 될 것일세.

그렇게 생성된 여러 개의 양이온들 사이의 반발력을 자유전자가 그 주위를 돌면서 그 반발력을 와해시켜 아래의 그림처럼 안정된 상태가 될 걸세.

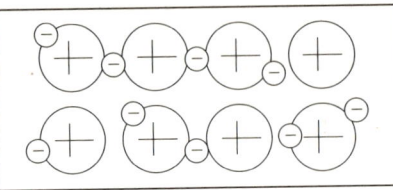

이런 식의 결합이 형성된다면 망치로 두드려서 움푹 파이거나 휘더라도 그 곳을 자유전자가 돌아다니면서 메워 주기 때문에 깨지지 않고 유지될 수 있을 걸세.

이런 결합을 '금속 결합' 이라고 한다네. 다시 말하면 원자의 최외각 전자들이 양성자의 구속에서 벗어나 자유롭게 움직이면서 양이온 사이를 연결해 주는 고리 역할을 하는 결합이라고 요약할 수 있네.

이 결합은 매우 안정해 대부분의 금속 결합 물질들이 고체로 존재한다네.

자네의 칼도 금속 결합으로 형성된 철로 만들어졌기 때문에 그것을 두드려도 깨시지 않고 늘어나거나 휘어지게 되는 것일세.

나의 편지가 자네의 이해에 도움을 줬으면 좋겠네. 언제든지 궁금한 것이 생기면 연통을 넣으시게.

from **LYB도사**

Dear **LYB도사**

관심을 가지고 편지를 10번 정도 읽으니 어느 정도 이해가 되는 군. 이 정도면 수준급의 이해력 아니겠나? 허허.

오늘은 궁에서 들려오는 삼한일통, 즉 통일 얘기가 나와 화랑들끼 리 회의를 가졌네. 거기서 나온 이야기가 지금 현재 우리가 쓰는 검은 고구려가 쓰는 검에 비해 잘 부러지는 것이 문제라고 하더군. 그래서 그 점을 해결하기 위해서 장거리 싸움을 많이 펼치거나 창 병들을 앞으로 내세우자 등 많은 안건이 나왔지만 대부분의 화랑 들이 검사이고, 또 이런 해결책들이 근본적인 문제를 해결할 수 있 는 것이 아니어서 흐지부지하게 회의는 마무리되고 말았다네.

집으로 돌아오면서 나도 나름대로 생각을 해보았지만 마땅히 방 법이 떠오르지 않았네.

내 입으로 말하기 그렇지만 내가 좀 무식하지 않은가? 요 근래에 자네에게 많은 것을 배우고는 있다고 하나 내가 스스로 무엇인가 를 만들어내고 창조해낸 정도의 단계는 아니란 길 일고 있다네.

그런데 문득 예전에는 돌을 무기로 쓰다가 나중에는 청동검을 쓰고 지금은 철검을 쓴다는 사실을 떠올리자 이 과정에 대해 자세히 알 게 되면 단단한 철검을 만들 수 있지 않을까? 하는 생각을 했다네.

많은 시간에 걸쳐 발전해 온 것들을 하나하나 설명하는 것이 힘들 줄 알지만 설명을 부탁하네. 우리는 친구 아닌가?

또 전쟁이 나서 나가 싸우다가 내 칼이 부러져서 죽을 수는 없지

Interesting Science Story

않은가? 자네도 물론, 그런 상황을 바라지는 않을 것이고 말이야. 내가 없으면 자네를 불량배들로부터 누가 지켜준단 말인가? 허허허! 지금 그렇게 멀쩡히 살아 있는 것도 자네가 나와 친하다는 소문이 돌고 있기 때문이라는 사실을 아는지 모르겠군. 아무튼 자세한 설명 부탁하네.

from **알천랑**

Dear **알천랑**

흠, 자네의 망발은 도저히 듣고 넘겨줄 수준을 뛰어 넘었구먼.

원래 학식이 뛰어난 사람은 아무리 불량배라도 그 생각과 지식이 두려워 건드리지 않네.

오히려 힘만 세고 무식한 사람이 정치꾼들에게 철!저!히! 이용당하다가 버려지고는 하지.

자네가 지금껏 자신의 뜻을 펼 수 있었던 것은 학식이 풍부한 나와 자네가 친하다는 소문 때문이라는 사실을 알아주었으면 좋겠구먼!

그것이 두려워 요 며칠간 나에게 편지를 보낸 것이 아닌가 하는 생각이 자꾸 드는 이유는 무엇일까? 허허.

자네가 무기 발전사를 안다고 해도 과연 그 지식이 새로운 강철검을 만드는 데 이용될 수 있을지 모르겠네. 어쩌면 전혀 상관이 없을지도 모르지. 어쨌든 이야기는 해주도록 하겠네.

예전에 돌이 먼저 쓰였던 것은 말 그대로 그것이 제일 많이 보이고 그 중에서 단단한 편에 속해서 무기로 쓰기에 적절했기 때문일세.

그러면 청동검이 먼저 쓰이고 철검이 쓰이기 시작한 것은 청동이 철보다 발견하기 쉬웠기 때문일까? 그것은 아닐세.

예전에부터 권력을 가진 상층부들이 장신구로 사용했던 금도 양이 많아 발견하기 쉬웠기 때문에 일찍부터 사용할 수 있었던 것이 아니지 않는가? 알고 있다시피 그 금의 양은 매우 한정적이지.

그렇다면 왜 금은 예전부터 장신구로 쓰였을까? 그것은 금이 반응성이 적어 순수한 상태로 존재했기 때문일세.

반응성이 크다는 말이 무엇인가? 다른 어떤 물질과의 반응이 잘 일어난다는 소리지.

그렇다면 왜 반응이 일어나는 것이지?

그것은 그 반응을 통해 어떤 물질이 반응이 일어나기 전보다 더 안정해지기 때문일세.

그러면 원래부터 매우 안정되어 있는 물질은 굳이 반응을 할 필요가 없다는 사실을 유추할 수 있네. 그 대표적인 물질이 금이지.

그래서 다른 물질에 비해 양은 적지만 그 결정체, 즉 순수한 금을 얻기는 쉬웠다는 것이지.

다른 예를 들어보면, 이 세상에 존재하는 금속 중 가장 많은 것이 알루미늄이라는 금속인데 이 금속은 지금 우리가 쓰고 있지 않네.

그 이유가 바로 알루미늄이 반응성이 커서 다른 물질과 반응해 다른 특성을 지닌 물질로 변해 버리기 때문이라네. 따라서 양은 많으나 알루미늄의 결정체를 구하기가 매우 힘들기 때문에 지금까지도 쓰이지 않고 있는 것이라네.

자! 그럼 다시 원래 내용으로 돌아가보세.

위의 몇 가지 예에서 알 수 있듯이 시기상 먼저 쓰인 청동은 철보다 양이 많아서 먼저 쓰인 것이 아니라네.

정확한 이유는 청동이 철보다 반응성이 작아 그만큼 쉽게 그 결정체를 구할 수 있었다는 것이지.

다시 말해 아주 오래전부터 지금에 이르기까지 쓰인 도구들의 순서는 그 도구를 이루는 물질의 반응성과 관련이 있다는 것일세.

반응성이 클수록 늦게 쓰이고 반응성이 작을수록 빨리 쓰였다는 것이지.

이 정도가 내가 말해 줄 수 있는 내용일세.

이 정보가 자네의 목적에 이용될 수 있을지는 모르겠으나 아무튼 유용하게 쓰길 바라겠네.

from LYB도사

Dear LYB도사

후후, 자네노 반능은 이니었구먼.

나는 자네가 무기 발전 과정과 더불어 검을 더 단단하게 만들 수 있는 비책까지 알려줄 것이라 생각했는데 말일세. 흐흐.

뭐 그랬다면 나보다 먼저 조정에서 자네를 찾았겠지만 말이야.

아무튼 이때까지 나를 위해 많은 것을 가르쳐준 것에 대해서는 감사하네.

그리고 지금 고구려 측에서 먼저 우리에게 도발을 해서 어쩔 수 없이 내가 토벌군 선봉장으로 나서게 되었다네. 어쩌면 이 편지가 자네와 내가 마지막으로 주고받는 편지가 될지도 모르겠네.

하지만 그럴 일이 없도록 반드시 승리하고 오겠네.

내 그간 자네에게 말을 험하게 했지만 나는 친구 하면 자네가 가장 먼저 떠오른다네.

내 가장 친한 친구여! 내가 돌아올 때까지 몸 건강히 잘 지내길 바라겠네.

그럼 이만.

from **알천랑**

Interesting Science Story

아름답고도 소중한 성

김 재 휘

아름답고도 소중한 성

영화 '맘마미아' 의 이야기는 소피가 자신의 어머니 '도나' 의 일기장을 읽으며 시작한다. 일기장에는 소피의 어머니가 젊었을 때 세 남자와 문란한 성관계를 갖는 이야기가 적혀 있다. 젊은 시절 도나는 올바른 성의식을 갖지 못하여 짧은 기간 동안 세 명의 남자와 성관계를 가졌다. 그러나 그 남자들은 모두 도나를 떠났으며, 결국은 자기 딸의 아버지가 누구인지도 모른 채 소피를 낳게 된다.

도나는 혼자서 아이를 잘 키울 수 있다고 생각하였지만, 소피는 어려서부터 아버지의 사랑을 많이 그리워하며 애타게 갈망하였다. 소피가 아버지의 빈 자리를 가장 크게 느낀 것은 자신의 결혼식 날에 자신과 손을 잡고 같이 들어갈 아버지가 없다는 것! 결국, 소피는 어머니 도나의 일기장에서 읽은 세 남자 샘, 빌, 해리를 모두 불러 도나를 깜짝 놀라게 하면서, 자신의 아버지를 찾기로 한다.

하지만 우리는 영화에서 제시된 세 남자와의 성관계 날짜와 생물 시간에 배운 월경 주기법을 이용하여 소피의 아버지를 찾을 수 있다.

자! 그럼 소피의 아버지를 찾아보자! 도나의 일기장에 나타난 소피의 아버지 후보감들의 성관계 날은 다음과 같다.

> 샘 : 7월 17일
> 빌 : 8월 4일
> 해리 : 8월 11일

약 한 달이라는 짧은 기간 동안 세 명의 남자와 성관계를 맺었기 때문에 아버지를 찾기 힘들었던 게 당연한 듯싶다. 소피의 아버지를 찾기 위한 가장 큰 단서는 성관계 날짜이다. 각 남자와 성관계를 가진 날을 배란일이었다고 가정하고 그 전후 상황과 일치시켜 보아 성관계를 가진 날이 배란일이 맞는지를 알아보면 된다. 단, 이 수수께끼를 풀기 위해서 소피 어머니의 생식 주기는 일반적인 생식 주기를 따르고 배란일에 성관계를 가지면 반드시 임신을 한다는 전제를 갖는다.

사람마다 개인차가 있을 수도 있지만 일반적으로 여성의 생식 주기는 28일을 주기로 한다. 예를 들어 1일이 월경 시작일이라면 그로부터 14일 후에 배란이 일어나고, 만약 임신이 되지 않았다면 그 배란일로부터 14일 이후에 다시 월경을 하게 된다. 그러나 임신이 되었다면 다음 월경은 하지 않고 임신 상태를 유지하게 된다.

본격적으로 여성의 생식 주기를 이용하여 추리를 시작해 보자.

우선 해리와 성관계를 맺은 날(8월 11일)이 배란일이라면 그 날로부터 14일 전인 약 7월 28일에 월경을 하였을 것이다. 하지만 일기장에는 그 날에 월경을 하였다는 내용이 없다. 또한 샘과 관계를 가지고 난 뒤 2주 후에 월경을 하였다면 도나는 분명 샘과의 관계에서 임신이 되지 않았다는 것을 알 것이다.

다음으로 빌을 예로 들어보자. 빌이 소피의 어머니와 성관계를 가진 날(8월 4일)이 배란일이라고 한다면, 최근 월경일은 샘과 성관계를 가졌던 7월 17일 쯤이거나 며칠 뒤일 것이다. 그렇다면 해리와 마찬가지로 샘으로부터 임신이 되지 않았다는 것을 알게 되거나 월경을 하였다는 내용이 있었을 것인데 그렇지 않은 것으로 보아 빌과 관계를 한 날 또한 배란일로 보기가 어렵다.

7/16	7/17 샘	7/18	7/19	7/20	7/21	7/22
7/23	7/24	7/25	7/26	7/27	7/28	7/29
7/30	7/31	8/1	8/2	8/3	8/4 빌	8/5
8/6	8/7	8/8	8/9	8/10	8/11 해리	8/12

도나가 세 남자와 성관계를 가진 날짜

마지막으로 샘과의 성관계 날짜를 비교해 보자. 7월 17일이 도나의 배란일이었다면 임신이 되어 다음 월경을 하지 않을 것이며 다시 배란할 일도 없을 것이다. 따라서 빌과 해리와 관계를 가졌을 때에도 아무런 문제가 없었던 것이다.

이 모든 정황을 통하여 소피의 아버지를 추측해 보면 샘이 가장 확실하다고 예상할 수 있다.

| 올바른 성윤리 |

소피의 이야기를 좀 더 현실적으로 판단해 보자. 우선 잘못된 성관계로 인해 나타난 사회적 문제가 사람에게 미치는 영향은 한두 가지가 아니다. 이 영향은 크게 두 명에게 미친다. 한 명은 계획적이지 못한 성관계로 나타난 미혼모이고, 또 다른 한 명은 한 부모로 태어난 사생아이다.

첫 번째로 미혼모의 영향에 대해 알아 보자. 보통 대개 청소년기의 올바른 성의식을 갖지 못하여 미혼모가 되는 경우가 많다. 한창 학업에 열중해야 할 청소년 시기에 임신을 하여 어렸을 적부터 꿈꿔 왔던 자신의 미래도 포기해야 하고, 사회적으로 주변의 인식이 곱지 않아 미혼모 자기 스스로 임신한 사실을 숨기기 위해 자신의 배를 자극하거나 또는 정신적 스트레스로 인한 영양결핍과 뱃속의 아이에게도 악영향을 미칠 것이다. 결국 미혼모는 사회의 눈을 피해 소외된 삶을 살아간다. 또한 출산

후 중요한 산후 조리를 못한다는 것도 큰 문제이다.

두 번째로 아이에게 미치는 영향을 알아 보자. 첫 번째에서 언급한 미혼모의 스트레스 또한 사생아에게 영향을 미친다. 사생아는 온갖 악영향을 받으며, 태어나 세상으로 나오자마자 죽는 경우도 많고, 그들이 살아남는다 하더라도 자신을 낳아준 아버지 어머니 밑에서 자라는 경우가 적다. 그의 부모님은 아직 젊은 사람들로서 재정적으로 궁핍한 경우가 많고, 결국 그들은 입양되거나 위탁모 또는 고아원에서 생활하면서 더욱 더 많은 스트레스를 받게 된다. 유아 시기의 스트레스는 성장에 큰 영향을 준다. 그들이 성장하여 청소년기 자아 정체성의 확립에 남들보다 더 많은 고민을 할 것이다.

소피의 이야기를 통해 우리는 성의 의미를 올바르게 알 필요성을 느꼈다. 물론 이들이 올바르지 못한 성관계를 가졌다고 이들을 나쁜 사람이라 비난하고자 하는 것은 아니다. 단지 그들은 어려서 올바른 성의식을 가지지 못했기 때문에 우리는 그들을 통해 진정한 '성'의 의미를 알아두어 올바르지 않은 일들이 발생하지 않도록 할 필요가 있다는 것이다. 그렇다면 우리가 올바른 성의식을 가지려면 어떻게 해야 할까?

우선 성관계의 목적에 대해서 알아보자. 성관계의 사전적 의미는 남성과 여성의 생리적 · 육체적 교접이다. 성관계를 유발하는 성적 욕구는 인간의 1차 욕구에 있는 가장 기본적인 욕구이며 식욕과 대등하며, 한 종족을 멸종하지 않고 계속해서 유지하는 방법이다. 여기서 한 종족을 이어간다는 말은 다르게 생각하여 자신과 닮은 개체를 생산하여 자신의 생명을 연장하는 것이라고도 할 수 있다. 또 성관계는 노동에 따른 심신의 피로를 덜어 주고 휴식의 시간을 가지게 하는 생체 리듬의 촉진제 구실을 하기도 한다.

성 욕구는 자신의 생명을 연장하기 위하여 반드시 필요한 도구이지만, 그것을 잘못 사용할 경우에는 심각한 사회적 문제를 일으킨다. 그렇다면 사회적 문제를 일으키지 않고 올바르게 성관계를 하려면 어떻게 해야 하는가?

그 해결책은 바로 피임이다. 올바르지 않거나 원하지 않은 경우에 소중하고도 귀한 생명이 아무렇게나 태어나지 않도록 하기 위한 가장 좋은 방법이다. 성관계 전후 피임 방법만 잘 활용한다면 임신할 확률이 크게 떨어진다. 피임법의 종류는 크게 자연 피임법과 물리적 피임법으로 나뉜다.

첫째로 자연 피임법은 월경 주기 관찰, 기초체온법, 질외사정, 금욕 등이 있다. 월경 주기 관찰은 증상 피임법이라고도 하며, 이 방법은 소피의 아버지 찾는 방법에도 비슷하게 사용되었다. 생리 시작일의 14일 후에 임신이 될 수 있는 가임기가 나타나는데, 이 가임기를 피해 성관계를 가지면 임신이 되지 않는다. 기초체온법은 배란일 전에는 36.5°에서 0.3° 정도 떨어지고, 배란일이 되면 0.5° 정도 올라가는 것을 이용하여 배란일을 안 후, 그날을 피해 성관계를 가지는 것이다. 질외사정은 성관계 중 사정 직전에 음경을 빼냄으로써 중단하는 것이다. 질외 사정은 적당한 타이밍을 맞추기 힘들다는 단점이 있으며, 남성의 절대적인 참을성이 필요하다. 하지만 사정 전에 나오는 정액으로 임신할 수도 있다는 주장도 있다. 마지막으로 금욕은 어떻게 보면 가장 확실한 방법이나, 노동에 따른 심신의 피로를 덜어주고 휴식의 시간을 가지게 하는 긍정적인 측면까지 없어지게 되기 때문에 비효율적일 수도 있다.

두 번째로 물리적인 피임법에는 차단 요법, 먹는 피임약, 자궁 내 장치 (IUD), 외과적 방법이 있다. 차단 요법에는 콘돔 등으로 정자가 여성의 생식기관에 못 들어가게 하는 방법이다. 소위 콘돔은 남성용 콘돔을 말하며, 여성용 콘돔은 페미돔이라는 것이 있으며, 특히 여성용 콘돔은 사용법에 주의를 해야 한다. 먹는 피임약은 월경이 시작되는 첫날부터(또는 5일 이내부터), 하루 1정씩 가급적 일정한 시간에 21일간 복용해야 한다. 21일 후에는 7일 동안 복용을 중단하며 쉰다. 이로써 한 번의 배란 주기가 끝나고 월경을 하게 된다. 자궁 내 장치(IUD)는 루프라고도 불리고 이 기구는 플라스틱 또는 구리로 되어 T자 모양을 하고 있다. 자궁벽에 장치를 걸도록 되어 있고, 끈은 장치를 빼기 위해 달린 것으로 그 끝이 질로 나오도록 되어 있다. 구리는 정자를 죽이는 효과가 있으며, 플라스틱만으로 된 장치는 프로게스테론을 내보내 피임을 유발한다. 이 장치가 잘 자리 잡으면 89%의 피임률을 보이지만, 성관계 중 빠질 수도 있어 주의를 해야 한다. 외과적 방법은 정자와 난자가 이동하는 곳을 완전히 절단시키거나 묶는 방법이다. 정자가 이동하는 수정관을 절단하거나 묶기, 또는 난자가 이동하는 수란관을 절단하거나 묶는다.

앞에서 언급했듯이 생식은 자신의 생명을 연장하는 도구가 되며 아름답고도 소중한 자신의 아이를 탄생시키는 방법이다. 이러한 생식에는 성욕에 따른 성관계가 반드시 필요하며, 또한 성관계는 노동에 따른 심신의 피로를 덜어 주고 휴식의 시간을 가지게 할 수 있지만, 이 성관계를 통해 원치 않은 심각한 결과를 초래할 수도 있다.

이 글을 읽고 다시 한 번 올바른 성윤리에 대하여 고찰해 보고, 제대로 된 피임법을 잘 활용한다면, 성관계를 통해 건전한 쾌락을 즐기고 삶을 더욱 윤택하게 만들 수 있을 것이다.

Interesting Science Story

버뮤다 미스테리

김 지 원

버뮤다 미스테리

2005년 여름 이른 아침, 캘리포니아 주립대학 한 강의실.

텅 빈 강의실에 한 남자가 교단에 서서 고민 중이다. 그의 이름은 제임스 김. 부모가 한국인인 재미교포 2세이다. 그의 키는 185cm 정도로 큰 편이며, 단단한 체형에, 코 밑과 턱에 수염을 기르고 있었으나 준수한 편이었다. 아무 생각 없이 바라보면 도시생활을 하다가 귀농을 한 남자쯤으로 보는 게 적당할 정도였다. 하지만 그는 외모와는 달리, 캘리포니아 주립대학 해양지질학과의 교수다. 교수치고는 비교적 젊은 나이로, 미국 내의 해양 관련 학회에서는 그를 어느 정도 인정해 주고 있었다. 그런데 그런 그가 무슨 이유로 이런 이른 아침에 학생도 없는 교단에 미리 와 있을까?

그는 자리에 가만히 앉아서 지난 수업 시간을 생각했다. 그 날의 수업 주제는 '버뮤다 삼각지대'였다. 지난 30여 년간 항상 이슈가 되어 왔지만 그 미스테리에 대한 정확한 근거도 없었다. 이에 대해 일반인들은 그저 사고가 날 때마다 관심을 보이고, 또 다시 수그러들고 그런 정도였다. 하지만 적어도 그에게 있어서 버뮤다는 남들과는 뭔가 다른 무언가를 의미했다. 평소 그는 차분한 성격이며 다른 이의 의견에 반발을 하거나 비난을 하기보다는, 항상 그저 듣고 동의하는 성격이었다. 하지만 버뮤다에 관한 애기만 나오면 누구보다 적극적이었고, 그와 다른 의견이 있다면, 냉혹하게 비난을 했다. 근처 지인들은 그가 왜 유난히 버뮤다 이야기만 나오면 그렇게 돌변하고, 관심을 가지는지 궁금해 했으나 아는 이는 아무도 없었다. 그런 그가 바로 버뮤다에 관한 수업을 연 것이다.

"여러분 안녕하세요?"

"안녕하세요? 교수님."

"네, 만나서 반갑습니다. 정말 날이 갈수록 학생들은 실력뿐 아니라 외모 또한 더 나아지는 것 같군요. 하하하."

그에 학생들은 박장대소를 했다.

"자, 이제 이번 학기의 마지막 주제가 되겠네요. 여러분들은 속으로 '이것만 마치면 드디어 방학이구나' 하고 생각하고 있겠지요? 하지만 뭐 소문을 들은 사람들은 이미 알겠지만 미리 경고하건데 이번 수업은 여느 때까지의 제 수업과는 조금 다른 방식으로 진행될 것입니다. 모두들 준비는 되셨나요?"

그에 학생들은 웃으며 대답했다.

"걱정마세요, 교수님~ 어떻게 진행되든 간에 이제껏 해온 것처럼 열심히 하겠습니다."

그리고 그는 전날 밤 미리 생각해둔 수업방식대로 진행을 했다.

"첫 시간부터 따분한 수업을 하는 교수라는 소리는 듣기 싫으니 버뮤다에 관련된 재미있는 이야기를 한번 해보죠. 여러분들이 이제껏 관심여겨 봐왔던 소재거리들이 있으면 그 이야기들을 해도 나쁘지 않겠군요. 혹시 질문을 해볼 사람 있습니까?"

그리고 잠깐 동안 침묵이 있었다. 그러다 어느 여학생이 조금 머뭇거리는 듯하며 손을 들었다.

"네, 교수님. 제가 해보겠습니다."

"어디보자. 니콜 양? 맞습니까? 하하. 수업이 어느 정도 진행되었지만 아직 학생들 이름은 잘 못 외우겠군요. 미안합니다. 하지만 여러 학생들을 가르치는 제 입장도 조금 생각해 주길 바랄게요. 그래요 니콜양은 뭐가 궁금한 거죠?"

그에 몇몇 학생들은 수근거렸다. 그에 제임스는 아마 니콜의 외모 때문일 거라는 생각을 하지 않을 수 없었다. 그녀는 170cm 정도 되는 키에 아주 이상적인 몸매를 가지고 있었다. 하지만 그녀의 얼굴은 무슨 사정인지는 몰라도 왼쪽 얼굴과 오른쪽 얼굴의 피부 색깔이 다르다는 게 확연히 느껴질 정도로 남들과는 달랐고, 거기에 그녀의 눈은 깊이를 알 수 없을 정도로 깊은 듯하면서도 매우 날카로웠다. 그것을 생각하고 자세히 바라보자면 이를 테면 음흉한 미소를 짓고 있는 삐에로가 생각나게 할 만큼 날카로운 인상이었다. 제임스도 평소 그리 생각하고 있었으나, 그는 교수로서 그것을 막을 필요가 있었다.

"자, 여러분들 잠깐 조용해 보고 니콜양의 이야기를 들어보죠."

그에 학생들은 조금 수그러들기 시작했고, 니콜은 예상은 했지만 기분은 여전히 나쁘다는 듯 얼굴을 약간 찡그렸다. 하지만 곧 다시 원래대로 표정을 바꾸며 말했다.

"제가 궁금한 것은 다름이 아니라 교수님께서 30년 전 버뮤다삼각지대에서 사고를 당한 피해자 중, 그 당시 몇 안 되는 생존자로서 이슈를 받았던 그 제임스 김이 맞는지 궁금합니다."

그는 그 질문에 적잖이 당황했다. 30년 전의 일을 그 자리에서 다시 질문 받을 것이라고는 상상도 못했기 때문이기도 하지만, 그 당시에는 태어나지도 않았을 그런 아이에게 이런 질문을 받을 거라고는 조금도 생각해 본 적이 없기 때문이다.

"지금 이 자리에서 그 질문을 받을지는 정말 상상도 못했는데, 솔직히 말하자면 조금 당황스럽군요. 물론 숨길일은 아니지만 말입니다. 네, 맞습니다. 저는 30년 전 위체클라프트 호에서 유일하게 살아남은 사람입니다. 그런데 그 질문을 지금 왜 했는지 물어봐도 되겠습니까?"

그 대답에 몇몇 학생들은 '역시'라는 표정을 지었지만, 대부분의 학생들은 의외라는 반응을 보였다.

니콜은 조금 생각에 잠기는 듯하더니, 다시 말했다.

"교수님을 당황하게 하려고 드린 질문은 아니에요. 저는 정말 교수님을 처음 뵈었을 때부터 이 질문을 하고 싶었지만, 마땅히 교수님과 대화할 시간도 없었고, 그리고 이런 이야기를 꺼낼 만한 타이밍도 없었어요. 혹시 기분 나쁘셨다면 정말 죄송해요."

"아니에요, 니콜 양. 잠깐 당황을 했을 뿐이지, 기분이 나쁘다거나 그렇지는 않답니다. 그런데 예전부터 나에게 그 질문을 하고 싶었다고 했는데, 혹시 뭐 이유라도 있습니까?"

"사실 저는 10살 때 미국에 이민을 와서 친구도 없고 근처에서 말을 털어 놓을 사람도 없었어요. 저에게 있어서는 정말 잊을 수 없는 고통의 시간이었어요. 그 때 어머님께서는 제 마음을 읽으셨는지 제 영어 실력이 하루 빨리 늘어나서 다른 아이들과 친해지길 바라시며, 매일 아침 잡지와 신문들을 던져주시곤 하셨죠. 그러던 어느 날 저는 버뮤다에 관한 글을 읽게 되었고, 그 후로는 차츰차츰 그 버뮤다 이야기만 나오면 라디오를 듣다가도 집중을 하는 제 모습을 발견하게 되었지요. 참 신기한 일이죠. 한 번도 가 본 적 없는 곳이었지만, 어린 저는 매일 밤 자기 전 그곳에 가 있는 저를 상상하곤 했었으니까요.

그리고 저는 중학교, 고등학교에 진학하며 버뮤다에 관한 자료를 조금씩 모아가게 되었고, 그러던 중 우연히 교수님에 관한 글도 접하게 되었어요. 버뮤다에 관한 무한한 상상력과 관심을 가지고 있던 저에게 있어서 교수님은 꼭 한번 뵙고 싶은 분들 중 한 분이 되셨어요.

그런데 처음 이 학과에 올라 왔을 때, 그런 교수님이 제 눈앞에 서 계시다는 걸 알고는 저는 정말 뛸 듯이 기뻤어요. 사실 그때까지 저는 버뮤다에 관해서 진지하게 얘기를 할 만한 사람이 아무도 없었고, 버뮤다에 관한 관심을 이제 끊어야 하나 말아야 하나 고민하고 있을 시기였거든요. 하지만 아까도 말씀드렸듯이 교수님께 다가갈 기회를 찾기란 정말 쉽지 않았고, 또 교수님이 버뮤다에 대해서 관심이 있으시다는 소문은 들었지만, 그저 소문일 뿐 혹시 버뮤다에 관해 안 좋은 기억만 가지고 있을 수도 있기에 지금껏 이렇게 꾹 참고 있었어요. 그러다 교수님께서 직접 버뮤다에 관한 수업을 하신다고 하셨고, 저에게 있어서 이 수업은 정말 두 번 다시는 없을 절호의 찬스가 된 거죠."

그는 그 말을 듣고 내심 속으로 놀라지 않을 수가 없었다. 이제껏 봐 왔던 날카롭고 냉정한 니콜의 모습과는 다르게 그녀는 지금 수업에 대한 강한 열의를 보이고 있었기 때문이기도 했다. 하지만 그보다 더 그를 놀라게 한 것은 그에게 있어서 지금껏 그가 가르쳐왔던 학생 중 이렇게 버뮤다에 관해 큰 관심을 보이는 학생은 처음이었기 때문이다.

하지만 그는 곧 정신을 가다듬고 다시 말했다.

"그렇군요. 니콜 양, 사실 나는 정말 니콜 양의 말에 적잖이 당황하지 않을 수가 없군요. 하지만 니콜 양. 만약 내가 니콜 양이었다면 그 질문 말고 다른 것도 많이 궁금할 것 같군요. 아닌가요?"

그의 직설적인 말에 니콜은 얼굴을 조금 붉히며 말해야 하나 말아야 하나 고민스러워했다.

하지만 곧 그녀는 결심을 내린 듯 말했다.

"네. 사실 저는 그렇게 버뮤다에 관해 자료를 모으다가 저도 모르게 자연스레 그 원인을 파헤치고 싶어졌어요. 그러면서 저 혼자의 가설도 세워 보고, 인터넷도 찾아보고, 책도 읽어봤어요. 하지만 저는 아직 그에 대한 답변을 찾지 못했죠. 그런데 제가 알고 있기로는 교수님께서는 그 사건 이후 줄곧 버뮤다에 관해 연구를 해 오셨고, 지금 이곳, 캘리포니아 주립대에서 상대적으로 젊은 나이임에도 불구하고 교수직을 맡게 된 이유 또한 버뮤다 삼각 지대에 관한 미국 내에서의 연구 성과가 어떤 학자보다 더 지대하기 때문이라고 들었습니다."

그는 그 학생이 자신에 대해 그렇게 자세한 것까지 알고 있을 줄은 상상도 하지 못했다. 정말 그녀와 대화를 하면 할수록 그는 조금씩 더 그녀에 대해 알아보고 싶어졌다.

그는 이제 더 이상 말을 돌려 하지 않고 바로 말하기로 마음먹었다.

"정말 나에 관해 많은 것을 알고 있군요. 니콜 양, 내가 벌써 그렇게 유명인이 된 건가요? 하하, 농담입니다. 그래요 그래서 니콜 양이 나에게 정말로 궁금한 것은 무엇이죠?"

"저는 버뮤다에 관한 교수님의 견해를 듣고 싶어요. 교수님께서 버뮤다를 연구하신 지 벌써 30년이란 세월이 흘렀어요. 교수님의 가설이 완벽하든 아니든 간에, 그 자료는 정말 저에게는 귀중한 자료가 될 것 같거든요."

그는 잠시 고민을 한 후 대답했다.

"정말 오랜만이군요. 니콜 양처럼 이런 열의를 가진 학생을 본다는 게 말입니다. 물론 절대 나쁜 뜻이 아닙니다. 여기는 학생들에게 지식을 가르치기 위한 학교이고, 나는 학생들에게 지식을 가르칠 의무가 있는 교수입니다. 그런 만큼, 자신의 궁금한 점을 콕 집어서 얘기해 주는 학생은 정말 예뻐 보인답니다. 그리고 개인적으로 그 질문이 아주 참신한 질문이라고 생각하고 있기도 하고 말입니다."

그때 갑자기 한 학생이 말했다.

"저, 교수님 얘기하시는 데 끼어드는 것은 아닌지 모르겠습니다. 질문 좀 해도 됩니까?"

"물론이죠."

"사실 저도 아까 오는 길에 니콜이 친구들과 하는 얘기를 조금 들어서 관심을 가지게 되었는데, 교수님께서 겪으셨다는 30년 전의 그 위체클 라프트 호 사고 말입니다. 그것에 대해 조금 더 자세하게 말씀해 주실 수 있습니까?"

그에 학생들은 아무리 화를 내지 않는 제임스라지만 너무 무례한 건 아닌지 걱정하는 눈치였다.

하지만 그는 전혀 기분이 나쁘지 않았다. 오히려 그보다는 교수로서 아이들과 소통이 잘 된다는 것에 희열이 느껴질 뿐이었다.

"물론 학생이 궁금해 한다면 뭐든지 가르쳐 줘야죠. 하지만 혹시 다른 학생들은 지금 이 화젯거리가 마음에 들지 않을지도 모르니 혹시 다른 궁금한 점을 가지고 있는 학생 있습니까? 있다면 이 이야기를 짧게 끝내고 이 학생들과는 나중에 따로 대화를 나누도록 하겠습니다. 수업은 전체를 위한 수업이기도 하니까 말입니다. 혹시 질문 있으신 분?"

학생들은 마치 태풍 전야처럼 아무런 미동도 하지 않았다.

"좋아요. 그럼 얘기를 들려드리지요. 아마 그때가 1967년쯤이었던 걸로 기억나는군요. 마이애미에 살고 있던 나는 그 당시 버뮤다에는 아주 값 비싸고 희귀한 물고기들이 많이 잡힌다는 소문이 돌았기 때문에 친구의 요트를 타고 버뮤다 지역으로 낚시를 나가게 되었습니다. 그런데 친구의 요트는 엔진이 고장나버렸어요. 그러던 중 우리는 위체클라프트 호를 발견하고, 그 배에 타게 되었습니다. 그런데 갑자기 그 배는 가라앉게 되었고, 아무런 준비도 하지 못한 승객들과 내 친구와 그리고 나는 바다에 빠질 수밖에 없었죠. 하지만 나는 정말 기적적으로 그 사고의 유일한 생존자가 되었고, 그리고 잠시 동안 사회의 이슈거리가 되기도 했었죠. 하지만 그 후 나는 잘 가던 배가 갑자기 가라앉게 된 원인이 궁금했었고, 그리고 하필이면 사고 장소가 버뮤다라는 그 당시에도 이슈를 받고 있던 지역이라 더욱 호기심이 컸었죠. 그래서 나는 그 당시 내가 가지고 있던 은행원이라는 직업을 포기한 채, 오로지 버뮤다에 관한 연구만을 몰두하게 되었습니다. 그러다 간간이 외부 잡지에서는 나의 소식을 바깥에 전해 주었고, 그것이 계기가 되어 나는 이 캘리포니아 주립대에 오게 되었죠. 하지만 거의 30년을 연구했음에도 불구하고 버뮤다의 미스테리는 정확하게 증명되지 않았죠. 물론 나 또한 완벽한 가설을 세우지는 못했습니다.”

그 때 갑자기 니콜이 불쑥 일어나며 말했다.

“선생님 그 가설을 말씀해 주실 수는 없나요? 아까부터 여쭤봤던 건데…….”

“아참, 미안해요. 니콜 양. 옛날 애기에 정신이 팔려서 깜빡 잊어 버렸네요.”

그리고 그가 막 말을 하려던 순간, 그는 잠깐 무언가가 생각난 듯 1분여간 생각에 잠겼다.

학생들은 끼어들면 뭔가 큰일이라도 날 것 같아서인지 아니면 그저 분위기 탓인지 어느 학생도 숨소리조차 크게 내지 않았다.

“여러분, 내가 한 가지 제안을 하고자 하는데, 나는 여러분들이 다음 시간까지 자기 나름대로의 조사를 한 후 현재 버뮤다에 관한 가설들을 정리해 왔으면 좋겠네요. 그리고 그 날 지원자들에 한해서 버뮤다에 직접 가봤으면 하는데 학생들 생각은 어떤가요?”

대부분의 학생들은 선뜻 자기가 잘못 들은 것이 아닌가 하는 눈치였다. 사실 그게 정상적인 반응이었다. 도대체 왜 그 위험하기 짝이 없는 버뮤다에 자기가 직접 지원해서 간다는 말인가? 하지만 역시 개인의 자유가 인정되는 민주사회에서는 100%라는 것은 없다는 것을 말해 주듯이 니콜을 포함해 몇몇 학생들은 꼭 가보고 싶다는 듯이 눈을 반짝이고 있었다.

"역시나 니콜 양은 마음에 들어 하는 것 같군요. 사실 나는 이번 수업을 그냥 이론만으로서 넘어 가려고 했습니다. 하지만 평소와는 다른 니콜 양의 그 열의를 보면서 나는 30년이 지난 지금 버뮤다에 관한 내 열의가 식은 것이 아닌가라는 반성을 하게 되었어요. 그래서 나는 이 기회에 버뮤다에 관심이 있는 학생들과 직접 그 곳에 가서 내가 아는 모든 지식들을 동원하여 학생들과 토론하고 연구해 보고 싶다는 꿈을 다시 가지게 되었어요. 하지만 내가 보기에 니콜 양을 제외한 나머지 학생들 중 관심 있어 하는 학생들은 꽤 있는 거 같은데 모두들 어떻게 해야 할지 갈피를 잡지 못하는 것 같군요. 그래서 하는 말인데 다음 수업시간에 니콜 양이 그간 연구해온 버뮤다에 관해 정리하여 발표해 주면, 버뮤다에 가기에 앞서 학생들의 열의가 좀 더 커질 수 있다고 보는군요. 어때요? 니콜 양, 괜찮겠어요?"

니콜은 다시 평소 때의 그녀로 돌아간 듯 보였다. 정말 그녀의 눈에서는 뭐랄까 이를 테면 먹이를 노리는 매의 눈처럼 날카로운 빛이 보였다. 그리고 곧 그녀는 자신 있어 하는 표정을 보였다. 아니 그보다는 그까짓 거 마음만 먹으면 당연히 하지 하는 표정이라고 말하는 게 더 맞는 것 같았다.

그 모습을 지켜본 제임스는 뿌듯해 하며 다른 학생들에게 말했다.

"여러분들도 자신은 발표를 하지 않을 거니까 대충 해야지 이런 생각은 절대로 하지 않는 게 좋을 거예요. 그날 기분에 따라서 니콜 양 외에도 무작위로 세 명을 더 시킬 수도 있으니까 말이에요. 물론 남들에게 설명을 할 수 있으려면 그 내용이 완전히 자기 것이 되어야겠지요? 나는 여러분들이 나를 실망 시키지 않을 거라 믿어요. 자, 여러분들. 다음 주에도 웃는 얼굴로 봤으면 좋겠네요. 여러분, 다음 주에 봅시다."

그의 말에 학생들은 마른 하늘에 날벼락인 양 멍한 표정을 지으며 몇 초 후 모두들 괴성을 지르며 강의실을 나갔다.

그렇게 1주일이 흘렀다.

그리고 오늘, 2005년 8월 14일이 제임스가 말한 바로 그 날이다. 그가 강의실에 이렇게 빨리 온 이유는 딱히 없었다. 하지만 뭐랄까. 그는 마치 소풍을 기다리는 아이마냥 한시라도 빨리 집을 나서서 학생들과 이야기를 나누고 싶었다. 그러다 보니 그는 자기도 모르게 수업 시작 2시간이나 전에 강의실에 도착했고, 그는 도착한 자신의 모습을 보고 실소를 머금을 수밖에 없었다. 1시간쯤 후, 학생들은 하나둘씩 차츰차츰 도착했고, 각각 준비한 자료를 검토하며 제각기 다른 자세를 선보이며 수업을 준비해 나갔다. 그 모습을 뿌듯하게 지켜보던 제임스는 어느덧 수업 시간이 다 되었음을 알았고, 곧 수업을 준비했다.

"여러분, 안녕하세요. 일주일이란 시간이 짧다 하면 짧을 수도 있겠지만 적어도 나에게 있어서만큼 이번 일주일은 참 길게 느껴지더군요. 여러분들도 그러셨나요? 물론 여러분들은 짧게 느껴졌을 확률이 높겠죠. 하하, 이제 농담은 그만하고, 수업에 들어가 보죠. 숙제는 다 해 왔나요?

이번 수업의 첫 과제인데 안 한 사람은 없겠죠?"

학생들의 표정은 전부 제각기 달랐지만, 전부 숙제는 했다고 했다. 그리고 제임스는 드디어 일주일간 기다려오던 수업을 할 수 있게 되었다.

"내 기억으론 지난 시간에 니콜 양이 수업 시작과 동시에 과제를 발표하기로 했던 것 같은데 니콜 양 어때요? 괜찮겠어요?"

그녀는 약간 긴장한 듯 보였다.

하지만 그녀는 곧 평소 냉정한 그녀의 모습으로 돌아왔고, 차분하게 말을 했다.

"네. 제가 비록 부족한 점이 많겠지만 이해해 주시고 재미있게 들어주세요.

우선 저는 현재 버뮤다에 관한 가설 중 가장 신빙성이 있는 메탄 하이드레이트로 인한 가설을 준비해 봤습니다. 버뮤다 삼각지대 부근, 즉 카리브해에는 심해 지역에 다량의 메탄 하이드레이트가 매장되어 있습니다. 물론 다른 해역에 비해 비교적 많다는 뜻입니다. 여기서 메탄 하이드레이트란 쉽게 말해 토네이도를 일으키는 원인이에요. 해저나 빙하 아래에서 메테인과 물이 높은 압력으로 인해 얼어 붙어서 얼음 형태의 고체상 격자 구조로 형성된 연료이기도 하죠. 차세대 연료로 주목받고 있기도 하고요. 보통 메탄 하이드레이트는 대륙 연안 1000m의 깊은 바다 속에 매장되어 있으며, 물 분자가 수소와 결합하면서 만들어진 빈 공간이 존재하죠. 그런데 여기서 흥미롭게도, 이 얼음은 불이 붙는다고 해요. 메탄 하이드레이트라고 부르는 이유 또한 이 현상 때문이라고 해요. 자, 그럼 지금까지 버뮤다라는 곳에는 메탄 하이드레이트가 많이 매장되어 있으며, 여기서 그 메탄 하이드레이트란 무엇인가? 에 대해 말씀드렸는데, 이제 본격적으로 이 메탄 하이드레이트란 것이 어떻게 버뮤다에서의 사고에 관여할 수 있는지에 대해 말씀드릴게요. 메탄 하이드레이트는 해저의 지각변동 혹은 화산활동 등에 의해서 가스를 방출하게 되는데, 그 가스는 해수면 위로 올라오면서 여러 현상을 발생시킵니다. 예를 들자면, 물 안에서의 산소는 부력을 플러스시키지만, 가스는 부력을 마이너스시킵니다. 그럼으로써 당연히 배가 물에 빨려들어 가듯이 가라앉게 되는 거죠. 공중에 떠다니는 비행기 역시 바다 위에 가스층이 형성되어서 일종의 기압골을 만듦으로서 추락할 수 있어요. 여기서 저 기압골은 비행기의 추락뿐 아니라 기상 이변을 초래하기도 한다고 해요. 휴, 겨우 다했네요. 지루하셨을 수도 있는데, 아무 말 않으시고 잘 들어주셔서 감사합니다."

학생들은 잠깐 동안 말이 없었다.

뭐랄까. 같은 학생임에도 불구하고, 오늘만큼은 니콜과의 차이가 느껴진다는 것을 깨달은 듯한. 그런 표정들을 짓고 있었다. 아마 3년여 동안 니콜을 쭉 지켜봐 왔던 사람들이라면, 니콜의 이러한 모습을 보고 정말 놀라지 않을 수 없을 것이다. 사실 평소 때 니콜은 수업에 적극적으로 참여하는 학생이라기보다는, 조용하게 앉아서 자기 할 일만 묵묵히 하는 그런 학생으로 보였다. 하지만 그렇다 해도 그녀의 성적이 뛰어난 편은 아니었기에 많은 사람들의 주목을 받지는 못했었다. 그런 그녀가 버뮤다라는 주제를 가지고 수업을 하면서부터 이렇게 바뀌다니. 사람 일은 정말 모르는 거라는 표현은 아마 이럴 때 쓰라고 있는 게 아닐까.

그녀의 설명에 학생들 뿐아니라 제임스 또한 놀라기는 마찬가지였다. 비록 어렸을 때부터 관심을 가져왔고, 개인적으로 몇 년간 조사를 했다지만, 메탄 하이드레이트 설은 나온 지 얼마 안 됐을 뿐더러, 이해하기도 난해한 부분이 없지 않아 있기 때문이다.

"정말 훌륭해요. 니콜 양. 버뮤다에 관한 수업을 몇 번 해봤지만, 이처럼 거의 완벽에 가까운 과제는 받아 본 적이 없는 것 같군요."

제임스가 말했다.

"아! 혹시 니콜 양의 과제에 대해 질문이 있는 사람?"

하지만 역시나 질문은 없었다.

"사실 저의 원래 예정은 몇몇 학생들의 의견을 더 들어본 후, 그 의견들을 종합하여 하나의 가설을 만들어서 버뮤다에서 검증해 보는 것이었습니다. 하지만 저는 지금 니콜 양의 의견만으로도 충분하다고 생각되는군요. 여러분들 생각은 어때요? 당연히 괜찮겠죠?"

학생들의 반응은 아쉬워 하는 부류와, 환호성을 지르는 부류 두 개로 나뉘어 졌다.

"자 그럼 지난 시간에 말했듯이, 저와 함께 버뮤다에 가서 직접 탐사를 갈 사람들의 지원을 받고자 하는데.. 혹시 원하는 사람 있으면 지금 저에게 말해 주세요."

학생들은 그 말이 끝나기 무섭게 모두들 니콜을 쳐다보았다. 아니나 다를까 니콜은 한치의 망설임도 없이 손을 들어 말했다.

"교수님, 저 버뮤다에 가고 싶어요."

그리고 그 뒤를 이어 3명의 학생들이 더 지원을 했고, 버뮤다 행 일정은 이번 주 일요일 오전으로 잡혔다. 그렇게 버뮤다에 대한 지금껏 기록과 역사를 살펴보며 수업은 마쳤다.

자료를 정리해서 짐을 꾸리고 있는 니콜에게 제임스가 말했다.

"니콜 양 혹시 시간이 있다면 잠깐 나와 얘기할 시간이 있는가?"

니콜은 거절할 이유가 없었고, 당연하단 듯이 말했다.

"물론이죠, 교수님. 그런데 무슨 말씀을 하시려고 그러세요?"

"아, 다름이 아니라, 그냥 니콜 양에게 감명을 받았다는 말을 해주고 싶었어요."

제임스는 말했다.

"니콜 양도 알고 있듯이, 나 또한 버뮤다라면 사족을 못 쓰는 사람이거든요. 하지만 단지 다른 것이 있다면 니콜 양보다 20여 년 더 먼저 관심을 가진 것 밖에 없겠죠. 그런 입장에서 니콜 양을 보자면 지금 나의 정말 솔직한 입장은 천군만마를 얻은 것 같은 심정이랍니다. 일요일에 버뮤다에 나가는 것도 정말 기대가 되고요. 그저 이 말을 해주고 싶었어요. 나는 생각하고 있는 것은 다 말해야 하는 성격이거든요. 적어도 버뮤다에 관해서라면 말이죠."

"교수님께서 그렇게 생각해 주신다니 몸 둘 바를 모르겠네요. 앞으로 더 노력해 볼게요."

그렇게 일요일이 되었다. 모두들 긴장한 탓인지 모습들이 전부 초췌해 보였다. 그 중 제임스는 다른 사람들에 비해 유난히 더 초췌해 보였는데, 아무리 버뮤다에 대해 박식한 그라 할지라도 연구 목적으로 그 지역에 나가는 것은 10여년 만이기 때문에 긴장되기는 마찬가지일뿐더러, 그의 나이 또한 한 몫을 했다.

해안에 도달했을 때, 중형 요트가 한 대 준비되어 있었는데, 제임스 말로는 캘리포니아 주립대학에 이번 견학에 대해 보고서를 제출하였더니, 흔쾌히 자금을 지원해 주었다고 한다.

여행은 시작되었고, 버뮤다 삼각지대까지 가는 길에 일행들의 모습은 더욱더 초췌해져 갔다. 니콜은 그렇지 않아도 창백한 얼굴이 이제 거의 백지장에 가까워 보였다.

우여곡절 끝에, 일행들은 드디어 버뮤다 삼각지대에 들어섰다.

모두들 긴장해서일까. 바다는 마치 태풍 전야처럼 고요했고, 한 여름임에도 불구하고 서늘한 바람마저 부는 듯했다.

이 때, 제임스가 정적을 깨며 말했다.

"여러분들 여기까지 오느라 수고들 많았어요. 하지만 우리는 여기 놀러 온 게 아니란 것쯤은 모두들 알고 있을 테지만 무엇을 해야 할지는 아직 잘 모를 거에요. 우리가 메탄가스에도 침몰하지 않도록 특수 제작된 보트까지 만들어 버뮤다에 온 이유는 바로 메탄 하이드레이트 설을 검증하는 것이죠. 어찌 보면 위험하다 할 수도 있겠지만, 과학 현상뿐 아니라 세상의 거의 대부분의 일은 우리의 눈으로 직접 보는 것이 가장 좋기 때문에 직접 나서는 거예요. 따라서 저희는 지금부터 메탄가스가 분출 되는 곳을 찾아다닐 거예요. 혹시 질문 있는 사람?"

니콜은 고개를 갸우뚱거리며 물었다.

"그런데 교수님, 사실 지난 시간에 여쭤보고 싶었던 게 있는데요. 메탄 하이드레이트 설이 비행기의 추락이나, 배의 침몰에 대해서는 거의 오류가 없다고 지난 시간에 설명을 덧붙여 주셨잖아요. 그런데 곰곰이 생각해 봤더니, 실종된 사람들에 대해서는 어떻게 설명을 해야 하죠? 버뮤다는 다른 지역에 비해 사고 후 시신 회수 확률이 매우 낮잖아요. 그 시신도 부력에 의해 바닥에 가라앉았다고 하기에는 너무 억지인 거 같아서요."

"미안해요, 니콜 양. 아직 나도 그 부분에 대해선 자세히 모르겠네요. 하지만 한 가지 확실한 건 니콜 양 말대로 메탄 하이드레이트 설로는 설명하기에 난해한 점이 많다는 것이에요. 비록 우리 또한 지금 그것을 조사하러 가는 것이긴 하지만 말이에요. 너무 역설적인가요?"

니콜은 사실 아까 배를 타는 순간부터, 뭔가 오늘은 좋지 않다는 느낌을 강하게 받아 왔었다. 그래서 그녀는 오늘은 더욱더 철저히 모든 사건들을 인과의 관계에 집어넣기로 결심했다. 하지만 출발한 지 2시간도 채 지나지 않아 그녀의 계획은 무너지고 말았다. 그렇게 점점 시간이 흐르자, 니콜은 불안한 마음을 숨길 수 없었고, 급기야 손까지 조금씩 떨리기 시작했다.

얼마 뒤, 제임스 일행은 메탄가스가 분출되는 지역에 도달했고, 옆에 달아서 가져온 직은 보트를 그 곳에 풀었다. 그렇게 10분쯤 뒤, 그 보트는 거짓말처럼 가라앉기 시작했고, 일행들은 아무 말 없이 그 모습을 보며 제각기 맡은 역할을 했다.

그런데 갑자기 니콜이 왠지 자기가 조금씩 내려가고 있는 것 같다고 말했다. 하지만 다른 일행들은 그런 느낌을 받지 못했고, 기분 탓이라며 니콜을 안심시킨 후 다시 작업을 했다. 니콜은 정말 기분 탓인가 하고 배 난간에 서서 바다 밑을 보았다. 아니였다. 배는 이미 가라앉기 시작하고 있었다. 아니 더 정확히 표현하자면, 이전부터 가라앉고 있었지만, 이제는 니콜뿐만 아니라 감각이 무딘 사람도 느낄 수 있을 정도로 가라앉기 시작했다고 표현하는 것이 더 옳은 것 같다. 일행들은 우왕좌왕하며 이제 곧 죽는 것이 아니냐며 다급하게 허둥댔다. 배가 가라앉고 있지만 우리가 살아남기 위해 할 수 있는 일들이 하나도 없었다.

그 순간, 우연일까 가라앉던 배는 다시 떠올랐다. 제임스는 운이 좋게 메탄의 분출이 멈췄다고 생각했다. 그리고 그는 서둘러 보트를 다시 배에 매달았고, 그렇게 그들은 아무 탈 없이 다시 학교에 돌아 올 수 있게 되었다.

다음날, 그들 5명은 제임스의 집에 모였다. 제임스와 니콜을 포함해 나머지 3명 모두 어제 잠을 자지 못했음을 얼굴로 드러내고 있었다. 모두들 다 모였으나 그들은 잠시 동안 아무 말도 없이 서로 생각을 정리하고 있는 듯 보였다. 그렇게 모두들 생각을 정리했을 때쯤, 제임스는 말했다.

"어제 우리가 겪은 일은 정말 세상에서 몇 안 되는 사람들이 겪은 일이야. 우린 정말 운이 좋았다고 할 수 있어. 하지만 다르게 본다면 우리가 겪은 경험은 돈을 주고도 살 수 없을 만큼 소중한 경험이지. 우리는 우리 눈으로 직접 메탄 하이드레이트의 힘을 봤을 뿐아니라, 몸으로 직접 겪어보기까지 했으니 말이지. 그래서 하는 말인데, 나는 이번에 우리가 겪은 이야기들을 여러 사람들에게 알렸으면 하는데 여러분 생각은 어떤지 묻고 싶구나."

"저는 괜찮은 거 같아요. 제가 버뮤다에 관해 혼자 조사할 때, 그에 관한 마땅한 자료가 없어서 정말 힘들었거든요."

니콜이 말했다.

"그런데 어떤 방식으로 사람들에게 알리죠?"

"내 생각에는 우리들이 겪은 이야기를 각자의 관점에서 색다르게 써서 책을 내 보는 게 좋을 거 같은데 어때?"

그렇게 그들은 제임스의 생각에 모두 동의하고, 작업에 들어갔다.

얼마 후, 그들이 낸 책은 베스트셀러가 되었다.

사람들은 버뮤다에서 살아 돌아 온 생존자들에 관심을 가졌고, 그들이 발표 한 버뮤다에 비밀에 대해서도 관심을 가졌다.

그러던 어느 날, 제임스의 집.

오후 3시, 전날 마신 술로 고생하고 있는 제임스에게 초인종 소리가 들린다.

니콜이었다. 옆에는 과일바구니를 들고 있는, 그녀는 이제껏 보여주지 않았던 해맑은 웃음을 지으며 들어왔다.

"교수님 꼴이 왜 이러세요. 하하하. 이제껏 교수님을 몇 년 동안 봐왔지만 이런 모습은 처음 뵙는 거 같네요. 괜찮으세요?"

제임스는 아직 술이 덜 깼는지 어리둥절해 하며 말했다.

"니콜이구나. 말도 없이 무슨 일이지?"

니콜은 얼굴을 조금 붉히며 말했다.

"아, 다름이 아니라 교수님께 감사하다는 말씀을 드리고 싶었는데, 기회가 없어서요. 교수님도 아시다시피 저는 어렸을 적부터 버뮤다에 대해 관심이 많았잖아요. 그런데 저 혼자 하다 보니 항상 한계점이 있었고, 저는 거기서 매번 주저앉고 말았죠. 하지만 교수님을 만나면서 저는 그 한계점을 뛰어 넘을 수 있었고, 아직 부족한 점이 많지만 결국 결론도 냈으니까 말이에요. 저는 정말 교수님께 어떻게 보답해 드려야 할지 몰라서 한참을 고민했어요. 하지만 그 어떤 것보다도 제 진심을 전하는 게 가장 좋을 거 같아서요. 교수님, 정말 감사해요."

"아니야. 나도 이제껏 수십 년 간 버뮤다에 대하 조사를 해오고 강의를 해왔지만, 항상 제 자리 걸음이었단다. 하지만 나도 올 해 너와 버뮤다에 대해 수업을 하며 많은 것을 얻을 수 있었단다. 그래서 나도 너한테 고맙다고 생각하고 있었단다. 니콜. 우리 이렇게 있지만 말고, 그 때 순이랑 누구였더라? 아무튼 나머지 3명을 불러서 같이 밥이나 먹으러 가자. 아침도 안 먹었고, 할 말도 많구나."

그렇게 그들은 길을 나섰고, 서점의 베스트셀러 구간에는 아직 그들이 낸 책이 전시되어 있었다.

Interesting Science Story

색맹, 그것을 알고 싶다

우 동 영

색맹, 그것을 알고 싶다

평범한 일상은 이제 끝났다

"헥, 헥, 헥……."

나는 오늘도 전공과목을 우수한 성적으로 이수하기 위해 열심히 뛰어다닌다. 지금은 오전 9시 50분, 윤용태 교수님의 '게놈 지도의 혁명'이라는 강의가 시작되기 5분 전이었다. 난 생명공과대학 건물의 4층을 쉴 새없이 기를 쓰고 올라갔다. 아직 강의실에는 교수님이 오시지 않았지만 수강생들로 가득 차 있었다. 윤용태 교수님은 세계적인 포럼에서도 많이 강연하신 분으로 역대 생명공학과가 배출해낸 인재 중의 인재였다. 나는 조금 남은 뒷자리에 앉을 수밖에 없었다. 나는 강의를 통해 재미있는 사실을 알게 되었다.

"X염색체와 Y염색체는 원래 1쌍의 보통 염색체였지요. 그러니까 그 때가 약 3억 년 전의 일로 파충류에서 막 포유류로 진화할 쯤인 것이지요."

그리고 교수님께서는 덧붙여 말씀하셨다.

"X염색체에는 1098개의 유전자가 존재하며 Y염색체에는 78개의 유전자가 존재하고 있어요. Y염색제가 퇴화하는 속도를 따져 본다면 1천만 년 뒤에는 X염색체와 Y염색체와의 구별이 없어질 것입니다."

나의 머리 속은 이미 이상하고 괴이한 생각으로 가득 차 버렸다.

'여자만 사는 세상이라면 좀 힘들지 않을까? 여자가 건설 현장에서 막노동을 한다거나 도둑질을 하는 것이 여성이고, 게다가 아파트나 공공건물의 경비를 여자가 서게 된다면 지금 상식으로는 이해할 수 없는 이상한 상황인 걸.'

하지만 그러한 생각은 얼마 가지 못했다.

"여러분, 혹시 여자들만 있는 세상을 생각하시는 건가요? 하지만 Y염색체가 사라진다고 해도 꼭 남자가 사라지는 것만은 아니랍니다. 예를 들어 일본의 아마미 지방에 살고 있는 가시 쥐의 일종은 이미 Y염색체를 잃어버렸지만 여전히 수컷과 암컷이 존재하고 있어요. 그러니까 지금 이 강의를 듣고 있는 남학생들은 후손을 걱정할 필요가 그다지 없답니다."

그러자 여자 애들의 킥킥 웃는 소리가 여기저기서 작게 들렸다. 교수님의 그러한 답변이 나는 이해가 잘 되지 않았다. 나는 손을 번쩍 들어 마치 웅변대회라도 나간 듯이 강의실이 떠나가도록 쩌렁쩌렁하게 말했다.

"교수님, 그러면 성 염색체가 성을 결정하지 않고 무엇이 성을 결정할 수 있다는 말씀입니까?"

그러자 교수님은 기다렸다는 듯이 온화한 미소로 대답했다.

"그렇지. 이런 질문이 나오지 않는다면 내 수업 자체가 의미가 없지. 그 이유는 바로 SRY 유전자 때문이라고 학회에서는 판단하고 있어요. 이렇게 단정지을 수 있는 이유는 XX의 성염색체를 가지면서도 몸매는 남성이 되는 경우가 알려지면서 그에 대한 연구를 시작했는데 본래 Y염색체에 있어야 할 이 유전자가 X염색체에 존재하고 있는 것이지요. 그래서 XY의 염색체를 가지고도 여성의 몸매를 가진 경우도 있죠. 하지만 이 SRY 유전자는 성을 결정하는 극히 일부분이라고 학회 쪽에서는 추측하고 있지요."

나는 감탄에 감탄을 거듭했다. 나의 고정관념과 선입견을 완전히 깨부수는 순간이었다. 역시 유전학은 내가 제일 관심이 있는 학문인 만큼 나는 시간가는 줄 모르고 열중했다.

그렇게 강의는 끝났고, 식사 시간이 많이 넘은 뒤라 배가 고파서 나는 친구들과 함께 구내식당으로 향했다. 우리 학교 구내식당은 일반 음식점보다 나았으면 나았지 못 하지는 않았다. 오늘의 점심 메뉴는 환상이었다. 입에 살살 녹을 것같이 부드러워 보이는 돈가스, 입 안에서 몽실몽실 거리게 생긴 젤리푸딩, 그리고 영양 만점인 쇠고기 야채수프였다. 친구들과 함께한 테이블에 앉아 오늘 강의에 대해 이야기를 했다.

"아까 교수님께서 얼마 전에 게놈 지도가 완성됐다고 하셨지? 정말 세월도 참 빠르다. 내가 중학교 때 게놈 지도를 만든다고 세계 각국에서 난리법석이었는데 말이지."

"그래, 벌써 10년이란 시간이 훌쩍 넘었네. 게놈 지도가 근데 정확히 뭐냐? 그냥 염기쌍의 배열 구조라고만 간단히 알고 있는데."

"아이, 무식한 것아. 게놈 지도는 흔히 유전자 지도라고도 하는데 쉽게 유전자의 위치나 숫자 등을 상세히 기록한 것이라고 볼 수 있지. 이것만 있으면 수십, 아니 수백년 간은 생명 분야에서 엄청난 발전을 보일 것이라고 하던데. 예를 들어, 사람의 유전자를 보고 그에 맞는 치료를 해주거나 약을 지어 줌으로써 의료 분야에서의 혁명이라 할 수 있지."

"이야, 네가 그렇게 자세히 아는 것도 있었네?"

아이들과 이런저런 애기를 주고받다가 졸업 이야기가 나왔다.

"그런데 니들 이제 졸업하면 뭐 할 거냐? 나는 그냥 이때까지 학점 받아놓은 걸로 대학원으로 진학할 생각인데. 어차피 졸업해 봤자 취직도 안 될 게 뻔한 세상인데 뭐. 요즘은 학사 가지고는 명함도 못 내미는 시대잖아. 그래서 좀 더 경력을 쌓으려고."

그 말에 나는 처음 학과 1년생으로 들어왔을 때가 생각났다. 그 때는 모든 일이 열정과 패기만 있으면 된다고 생각했다. 하지만 그것으로는 조금 부족하다는 것을 대학 4년을 통해 나는 깨달았다. 바로 '지치지 않는' 이라는 수식어가 붙어야 했다. 그렇게 나는 졸업하고 난 뒤 의학 전문대학원에 진학하기 위해 꾸준히 MEET시험을 준비해 왔다. 그리고 이제 졸업을 눈앞에 두고 있는 것이다.

내 꿈을 위한 나의 도전 시작

나는 TEPS나 TOEFL은 큰 문제가 없었다. 평소에 영어를 과외하면서 탄탄히 다져놓았기 때문이다. 그런데 니에게는 치명적인 약점이 있었다. 바로 나는 적녹 색맹인 것이다. 요즘 색맹이라도 의사가 될 수는 있었지만 왠지 나는 불안했다. 그래서 나는 우리 가족과 친척들을 조사해 색맹 가계도를 작성하여 제시하면 면접에서 나의 약점을 보완할 수 있으리라 생각했다. MEET 시험은 이때까지 풀어온 기출문제와 오답정리를 한 노트를 가지고 충분히 복습만 하면 무난할 것 같았다. 이제 며칠 안에 가계도를 완성하는 일 밖에 남지 않았다.

나의 승부수

"번호 78번, 들어오세요."

시험 보조위원을 맡은 사람이 나를 가리키며 말했다.

나는 황급히 면접실 문을 열고 들어가다가 그만 문턱에 걸려 넘어졌다.

"아이구, 젊은이. 조심하지 않구선."

한 노교수가 한심하다는 듯이 혀를 끌끌 찼다.

나는 첫 인상부터 진하게 한 방 먹고 들어간 것이다. 나는 몸 개그로 인해 그 전의 긴장감을 싹 씻어 보냈다. 차근차근 교수님들의 질문에 대답했다. 그러던 차에 나는 황당한 질문을 받았다.

"자네 사람이 왜 살아 있다고 생각하는가?"

나는 왠지 단순하게 생물학적 현상으로만 말하면 안 될 것 같은 느낌이 스쳐지나갔다. 그 질문을 한 교수의 인상은 철학적이면서도 깊은 내면이 우러나오는 상이었기 때문이다.

"저는……."

한참을 생각하던 나는 조심스럽게 대답했다.

"저는 죽기 위해 살아 있다고 생각합니다. 이 말은 지금 현세의 사람들이 사후에 관심을 가진다는 것에서 증거를 찾을 수 있습니다. 그러므로 죽음은 하나의 종결을 뜻하는 것이 아니라 또 다른 삶을 찾아가는 과정의 하나라고 할 수 있습니다."

그 질문을 한 교수는 만족스러운 듯한 표정을 지었다. 알고 보니 그 교수는 의대 교수지만 평소 철학에 대한 관심과 애정이 넘쳐나 항상 고뇌한다고 한다. 그 때 내게 질문한 것이 자기가 가장 고뇌하던 것 중의 하나라고 한다.

그런데 그 질문을 대답한 다음 옆에 있던 한 교수가 내가 적녹 색맹이라는 것을 알고 딴지를 걸어 왔다. 색맹인데 의사를 할 수 있느냐고 물었다. 하지만 그 질문을 예상하고 있었기에 크게 당황하지 않았다.

"요즘 색맹이라는 이유만으로 의사를 못하지 않습니다. 정 그러시다면 제가 이 의학전문대학원에 입학할 충분한 능력이 있다는 것을 이 자료를 통해 보여드리겠습니다."

교수 일행은 눈이 동그랗게 뜬 채로 나의 왼쪽 손에 들려 있는 종이를 유심히 쳐다보았다.

"오, 그게 뭔가?"

"이것은 제가 약 1주일 전에……."

내 기나긴 여정을 위한 첫 걸음

나는 MEET 시험 준비를 마무리지은 후 집을 나와 평소에 친분이 두텁던 윤용태 교수님을 찾아갔다. 교수님께 조언을 구하기 위해서다. 우선 나는 공손하게 인사드렸다.

"아니, 자네가 무슨 일인가?"

그 특유의 살인 미소가 날 반겼다. 내 마음이 다 설렌다. 하지만 나는 게이가 아니다. 정말이다.

"제가 이번에 색맹 가계도를 만들어 보려고 하는 데 좀 도와주실 수 있겠습니까?"

"음, 그렇단 말이지. 색맹은 사실 구분하기 쉬워. 구체적으로 염색체를 보고 알 수는 없지만 간단한 검사로 구분할 수 있지. 자네 초등학교 때 이상한 색깔이 뒤섞여 있는데 그 중에 숫자를 읽어보라고 했던 기억이 나는가? 그게 바로 색맹을 구별할 수 있는 가장 간단한 검사야."

나는 교수님께서 주는 A4크기의 파일을 선뜻 받았다. 거기에는 약 10장의 종이가 끼워져 있었다. 나는 거기에 적힌 숫자들을 차례대로 읽어보았지만 거의 맞출 수 없었다.

'ㅠ.ㅠ……'

다시 절망감에 빠진 나였다. 그런 나를 교수님께서 토닥토닥 거리셨다. 그 파일을 들고 나는 캠퍼스 밖으로 나와 집으로 향했다.

집에 돌아온 후 가계도를 작성하는 이유가 무엇인지 생각해 보았다. 그렇게 보내기를 10여 분, 나의 시야에 고등학교 때 쓰던 생물 노트가 들어왔다. 나는 두꺼비가 혀를 이용해 먹이를 잡을 때처럼 재빨리 그 노트를 책꽂이에서 빼내 유전 단원을 펼쳤다. 거기에는 그 때 선생님께서 설명하신 가계도를 사용하는 이유가 적혀 있었다.

"가계도를 작성하는 이유는 우리 현대 의학 과학 기술이 뒷받침되지 못하기 때문이다. 예를 들어 아직까지 염색체에 들어 있는 유전자를 직접 사람의 눈으로 볼 수 없기 때문이다. 색맹이 원추세포의 이상으로 일어나는 것을 알 수 있지만 ㄱ 유전인자(=유전자)를 직접 우리 눈으로는 볼 수도 없는 것이다."

지금 이 시대에 태어난 나를 탓할 수밖에 없었다. 나는 생물 노트를 보면서 확실한 정보를 하나 얻었다. 가계도는 유전자형으로 표현형을 나타낸 것이 아니라 표현형으로 유전자형을 알아 볼 수 있다는 것이다.

다음으로 나는 가계도를 작성하기 위해 가족 관계도를 만들었다. 명절이면 꼭 모이던 친척들이었기에 나는 금방 가족 관계도를 완성할 수 있었다.

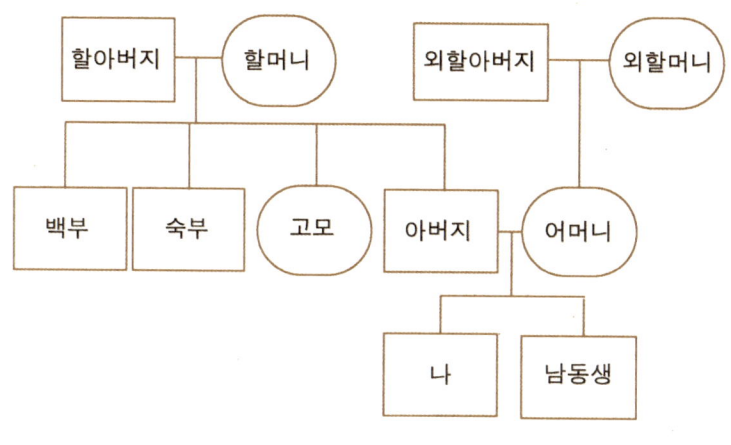

가족 관계도

'음, 막상 만들어보니 별로 어려운 게 아니네.'

이제 찾아가는 것이 문제다. 명절이 오려면 너무 많은 날이 남아서 직접 찾아가는 수밖에 없었다. 일단 가장 가까이에 있는 우리 가족부터 검사를 시작했다. 색맹 검사표 파일을 펼쳐 들고 가족을 거실에 모이게 했다. 아버지, 어머니, 남동생은 차례대로 검사를 받았다. 나는 숫자를 볼 수는 없었지만 교수님이 적어준 숫자로 검사지에 적힌 숫자들을 이미 알고 있었다. 그 결과 아버지, 어머니, 동생 모두 색맹이 아니었다. 나 혼자만 색맹이었던 것이다. 난 다시 절망감에 빠져들었고, 이번에는 쉽게 회복하지 못했다.

나는 그렇게 가족들 색맹 검사를 끝내고 다른 친척분들도 색맹 검사를 했다. 멀리 떨어져 있어 이메일로 파일을 보내 색맹 검사를 한 친척도 있었지만 대부분 내가 직접 발로 뛰며 모두 검사했다. 그 결과는 다음과 같았다.

색맹인 사람	외할머니, 나
정상인 사람	할아버지, 할머니, 백부, 숙부, 고모, 외할아버지, 아버지, 어머니, 동생

색맹과 정상인 구분표

이 색맹이라는 형질(유전자에 의해 발현되는 모든 모양이나 속성)을 통해 나는 가계도를 작성하기 시작했다. 그런데 한 가지 문제점이 있었다. 고모가 XX인지 XX'인지 알 수가 없었다. 따라서 할머니의 유전자형도 알 수 없었다. 그 이유는 열성 반성유전(성염색체인 X염색체에 의한 유전으로 열성으로 작용한다.)인 색맹은 XX'일 때는 보인자로서 발현되지 않고 $X'X'$일 때만 발현되는 것이 특징이다. 그래서 발현되지 않는 유전자형은 두 개, 즉 XX, XX'와 같이 66%가 된다. 그러면 고모와 고모부, 그리고 고종사촌 모두를 조사해 보아야 한다. 재빨리 나는 고모에게 부탁을 하여 조사를 하였더니 고모부는 정상이었지만 고종사촌은 남성인데 색맹이었다. 따라서 고모는 XX'였고 할머니도 XX'였다. 그러나 조사하고 보니 막상 그렇게 큰 도움은 되지 못하였다. 할머니가 XX이든 XX'이든

아버지가 정상이므로 나와는 별 상관이 없는 것이었다. 내가 가진 색맹 유전자는 아버지로부터 물려받은 것이 아니라 어머니로부터 물려받았기 때문이다.

이 자료들을 바탕으로 가계도를 작성해 보니 다음과 같았다.

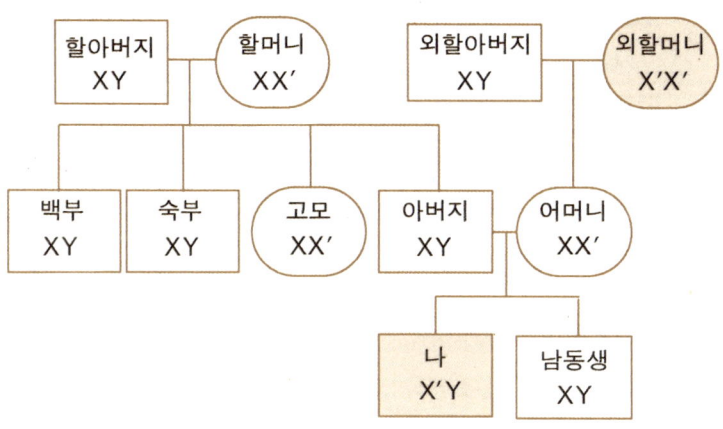

유전자형을 표현한 가계도

인간 승리

나는 이 가계도를 들고 곧장 윤용태 교수님께 찾아갔다.

"아이구, 자네 왔는가?"

아침에 빨리 와서 그런지 연구실에서 잠이 덜 깬 상태의 교수님이셨다.

"교수님, 제가 드디어 가계도를 완성해 왔습니다."

그러자 나의 가계도를 보더니 만족한 듯 살인 미소를 보여주셨다. 그리고는 덧붙여 설명을 해 주셨다.

"색각 이상의 정도는 적, 청, 록 3가지에 대해 4단계로 강, 약을 구분하여 총 12종류의 진단이 나온다네. 색맹 색약 판정에 약 60%의 오진이 있고 특히 색약은 50%나 색맹으로 오진하는 경우가 있을 정도로 많다네. 그래서 색맹은 색을 구분하는 능력이 없는 것인데 이것은 색약과 혼돈되어 사용되는 경우가 많지. 보통 사람들은 대부분 색을 구별하는 능력이 약한 색약이므로 색맹보다는 색약이 더 정확한 표현이지. 그 중에서도 자네와 같이 적녹 색약이 가장 흔한 경우지. 대부분 색약은 검사하기 전까지 불편함이 없어 모른다네."

교수님의 많은 말씀을 들은 뒤 나는 집으로 돌아와 면접일을 기다렸다. 그리고 며칠 뒤 나는 여러 교수의 앞에 서 있었다. 그리고 마지막 질문에 대답하기 위해 입을 떼었다.

"이것은 제가 약 1주일 전부터 만든 가계도와 그에 대한 모든 자료들입니다. 이 정도면 충분하지 않습니까?

나의 치밀한 준비성에 교수들은 놀란 눈치였다.

그로부터 보름 뒤에 대망의 합격자 발표가 났다. 홈페이지에 접속하니 이 두 글자가 나를 반겨주었다.

[번호 301078 - 합격]

Interesting Science Story

붉은 여왕의 체벌, HIV

정 근 우

붉은 여왕의 체벌, HIV

올 해 상반기 가장 히트를 쳤던 영화를 꼽으라면 무엇일까요? 물론 수많은 영화들이 있겠지만 아무래도 가장 꾸준하게 인기 몰이를 하며 화제였던 영화는 '국가대표'일 겁니다. 여러분도 그 영화 보셨나요? 제가 가장 인상 깊게 봤던 장면은 극 중 '수연'이 '흥철'에게 자신이 에이즈임을 밝히며 서럽게 우는 장면이었는데요. 이처럼 영화나 드라마, 어느 곳에서나 빠지지 않는 필수 아이템이 바로 여주인공의 불치병입니다. 이처럼 어느 곳에서나 빠지지 않는 필수 아이템, 불치병의 하나인 에이즈, 에이즈를 탐구해 보도록 하죠.

에이즈의 원인은 원래 인간 면역 결핍 바이러스(human immunodeficiency virus, HIV)라는 원인 바이러스입니다. 그럼 왜 이 원인 바이러스가 그렇게 무섭고도, 죽음의 병이라고 할까요? 에이즈의 원인, 증상, 치료의 방법, 그 모든 것을 이 이야기에서 파헤쳐 보도록 합시다.

먼저, 에이즈의 기원에 대해 알아보도록 합시다. 역사적인 기록이나 문헌에는 에이즈의 증상이 나타나거나 그와 비슷한 질병에 대한 언급을 찾아 볼 수가 없습니다. 그 말인 즉, 이런 바이러스는 최근에 와서야 발견되어 창궐하고 있다는 것일 텐데요. 옛날엔 없었던 이런 바이러스가 갑자기 나타나다니, 가히 우리가 '신형 바이러스'라 부를 만하네요.

그렇다면, 이런 신형 바이러스는 하늘에서 내려왔을까? 아님 땅에서

솟았을까요? 생각하기 어려우시다구요? 그렇다면 발상을 역전시켜 봅시다. 바이러스가 우리를 방문한 것이 아니고, 우리가 먼저 바이러스를 방문한 것이었다면? 최근 인구의 급증과 가뭄의 영향으로 인해 점점 식량 수요량이 많아지게 되었습니다. 그로 인해 인간들은 점점 농지가 필요하게 되고, 대규모의 산림 벌채를 하기에 이르렀죠. 거기서 바로 신형 바이러스의 출현이 시작된 것입니다.

많은 과학자들이 신형 바이러스는 원래 인간의 손이 닿지 않는 열대 지역의 삼림이나, 숲 속에 살고 있는 원숭이, 쥐, 박쥐 등이 원래 그 숙주였다고 보고 있습니다. 그러나 위에서 말했듯이 우리가 그들의 서식지를 위협하고, 먼저 침범했기 때문에 그들 속에 잠들어 있던 바이러스들이 오히려 우리를 위협하고 있는 것이죠. 그렇다면 이렇게 과학이 모든 학문 위에 군림하고, 지배하는 이 시대에, 왜 우리는 그깟 바이러스 하나 제압하지 못하고 그들을 불치병이니, 죽음의 병이니 하면서 무서워하는 것일까요? 우리는 진정 그들을 이겨낼 수 없을까요?

그럼 이제부터 진정으로 그들 중 한 종인 한 에이즈 바이러스의 생활을 통해, 그들의 탄생, 생활, 그리고 마지막을 지켜보도록 합시다.

웬만하면 이 때 찾아내자, 급성 증후군

오늘, 갑의 하루가 시작되었습니다. 이곳에 들어 온 지 얼마 안 되기 때문에 아직은 어리숙한 면이 없지 않아 있어 보이네요. 그러나 그렇든 간에 아니든 간에 어쨌든 갑은 바이러스, 그것도 아주 치명적인 HIV바이러스입니다. 인간들이 이름만 들어도 감염인을 꺼려 한다는, 아주 위험한 바이러스죠. 어쨌든 오늘도 갑은 자신의 하루를 보람차게 만들기 위해 일을 시작합니다. 어떤 일이냐고요? 바이러스가 하는 일이 무엇이 있겠냐만은, 그렇습니다. 바로 숙주를 서서히 무너뜨리는 전초작업입니다.

앞에서 말했듯이 갑은 아직 이곳에 들어 온 지 얼마 안 된 시기. 아직은 간단한 작업만 하는 중입니다.

"오늘도 열심히 CD4를 괴롭혀 볼까?"라며 오늘도 CD4를 찾아가는 갑입니다.

"옳지, 저기 마침 나랑 꼭 맞는 녀석이 있구만."

갑은 오늘도 한 CD4에게 시비를 거는 중이네요.

"왜 이러세요, 이러지 마십시오."

CD4는 나름 완강하게 저항해 보지만, 갑에겐 역부족으로 보입니다.

"미안한데, 오늘은 내가 좀 너를 이용해서 나를 좀 복제해야겠다."

"예? 그게 뭔 소리신지."

"글쎄, 그건 알 거 없고, 자, 오빠만 믿고 따라올 수 있지?"

오늘도 갑은 갈고 닦은 실력으로 한 CD4를 꼬시기에 성공하네요.

자, 어떠셨나요? 에이즈 바이러스의 초기생활을 묘사해 봤는데, 재밌었나요?

이게 바로 에이즈의 초기생활입니다. 처음부터 몸에 바이러스가 넘치는 사람은 없겠죠. 바이러스도 처음에는 소수입니다. 증식을 해서 그 위세를 떨치게 되는 거죠. 그 과정 중 일부가 바로 저 위의 과정입니다.

아, 우선 HIV바이러스의 생활보다 애초에, 저 바이러스들이 어떻게 숙주의 몸에 들어왔는지부터 설명해야 하겠군요. HIV바이러스의 인체 감염 경로는 여러 가지가 있습니다. 그 중 하나가 안타까운 사례인데 모자감염을 예로 들 수 있지요. 모자감염이란 말 그대로 어머니와 자식 사이의 감염인데, 수직감염이라고도 합니다. 엄마와 아이가 수직 관계이기 때문에 생겨난 말인데요. 어쨌든 그 경로는 임산부가 에이즈에 감염되었을 때에 임신 중에 태반을 통하거나, 태어날 때 산도를 통과할 때 혈액접촉 등에 의해서 감염되거나, 수유 시에 어머니의 젖을 먹는 과정에서 아이도 HIV바이러스에 감염되는 경로가 있습니다. 하지만 요즘엔 어머니가 미리 감염 사실을 알고 약제를 복용하고 건강관리를 잘 하면, 아이의 감염 확률을 상당히 낮출 수 있다고 하는군요.

또 다른 예는 가장 보편적인 감염 경로인 성행위로 인한 감염이겠죠. 가장 위험한 행위는 콘돔 없이 성교를 하거나, 자위 기구를 공동적으로 사용하는 것이라고 합니다.

또, 이것도 흔한 케이스인데요, 에이즈 감염자가 그 사실을 모르고 헌혈을 했을 경우도 위험합니다. 그 경우, 그 피를 환자가 수혈을 받게 되면 자신도 모르게 에이즈에 감염되게 되는 것이죠.

문제는 그 바이러스들은 유전적인 특징에 따라 그 변종들이 자꾸 생기게 되는데, 무서운 점은 이런 변종들로 인해 자꾸 감염 경로는 늘어나고, 그 환자는 자꾸 증가하고 있다는 것일 겁니다.

이제 슬슬 위의 감염 후 본격적인 HIV바이러스의 인체 침투 과정을 함께 알아볼까요?

우선 HIV바이러스의 첫 표적은 CD4(Cluster of Differentiation 4)라 불리는 단백질을 가진 림프구입니다. 여기서 림프구란, 바이러스가 들어왔을 때 물리치는 면역 작용에 아주 중요한 역할을 하는 세포죠.

이제 HIV가 CD4에 감염되는 경로를 살펴봅시다. 우선 HIV바이러스는 다른 바이러스들과 비슷한 구조로, 간단히 말하면, '유전 정보의 핵산'과 그 핵산을 보호하는 '단백질 껍질'로 이루어져 있어요.

바이러스가 세포와 다른 점은, 세포는 그 안에 핵산의 DNA와 RNA라는 물질을 모두 가지고 있지만, HIV는 RNA밖에 가지고 있지 않습니다.

그 다음 그 핵산을 보호하는 단백질의 껍질을 '캡시드(Capsid)'라 합니다.

그럼 다시 HIV바이러스의 감염 경로에 대해 살펴보면, HIV바이러스는 캡시드 안에 RNA와 '역전사 효소'라는 효소를 가지고 있습니다. 우선 HIV바이러스는 역전사 효소를 이용, RNA의 유전 정보를 DNA로 바꿉니다. 이게 바로 보통의 생물과 다른 HIV만의 특징이죠. 일반 보통 생물들은 'RNA 폴리머라아제'라는 효소에 의해 DNA의 정보를 RNA에 바꿔 복사하고, 그 복사한 것을 유전 정보로 사용하는 반면, HIV바이러스는 정반대입니다.

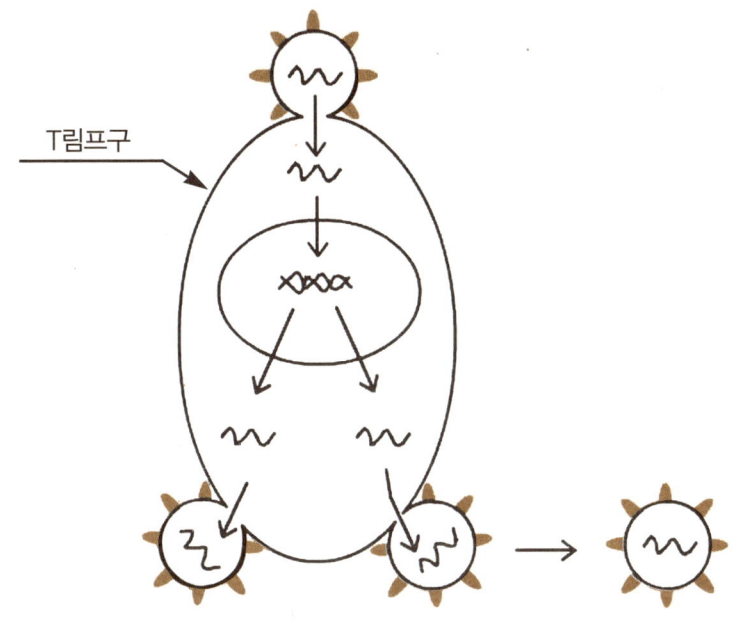

T림프구

T림프구를 통해 증식하는 바이러스

　HIV바이러스는 역전사 효소를 이용해 보통의 생물과는 반대 방향으로 유전 정보를 운반하는 것이죠. 다시 말해서 보통의 생물이 DNA에서 RNA로 가는 것이라면, HIV바이러스는 RNA에서 DNA로 가는 것이죠. 이런 방식으로 유전 정보를 만드는 효소를 가진 바이러스를 '레트로 바이러스'라고 부릅니다.

　이렇게 HIV바이러스는 감염 초기 3~6주 후에 발생하구요, 열이 조금씩 나거나, 임파선(림프구들이 모여 있는 곳) 비대, 두통, 관절통, 근육통, 구역, 구토, 피부의 구진성 등이 발견되는데요. 여기서 구진성이란 흔히 우리가 에이즈 하면 생각하는 것으로, 피부에 붉은 반점 같은 게 나고, 그렇다고 긁으면 피부 조직이 떨어져 나가는 그런 병입니다. 심한 경우 뇌염, 근병증(근육 조직에 나타나는 여러 가지 병적인 상태)도 나타날 수 있다는 겁니다. 이렇게 감염 초기에 급작스럽게 HIV바이러스의 수가 급증하는 시기를 급성 HIV 증후군이라고 합니다.

HIV바이러스에 처음 감염된 후 조기에 감염이 진단되지 않으면 환자 본인도 감염 사실을 알지 못한 채 다른 사람에게 HIV바이러스를 전파시킬 수 있기 때문에 초기에 환자를 찾아내어 치료하는 것이 아주 중요하답니다.

이제라도 잡아내자, 잠복기

오랜만에 갑을 다시 보도록 하죠.

"이제 수도 늘릴 만큼 늘렸으니 이제 슬슬 2보 전진을 위한 1보 후퇴를 해볼까? 사실 후퇴하는 것도 아니지만……"

갑에겐 가장 무서운 것이 무엇일까요? 아마도 자신이 숙주에게 있다는 것을 숙주에게 들키지 않는 것일 것입니다. 이를 알고 있는 갑은 이제 '조용히 갉아먹기' 작전에 돌입하기 시작합니다. 이때를 무증상 잠복기라고 합니다. 말 그대로입니다. 무증상, 즉 숙주에게 증상은 나타나지 않으며 바이러스는 잠복하고 있는 겁니다. 하지만 증상이 없다고 몸

속까지 증상이 없는 건 아닙니다. 10년 전 정도만 하더라도 증상이 없기 때문에 바이러스가 아무 활동도 안하고 있는 줄 과학자들은 알고 있었 죠. 그러나 그 후 여러 연구가 진행되면서, 생각했던 것보다 심각하게 바 이러스들이 우리 몸 속의 면역세포들을 갉아 먹으면서 자기복제를 하고 있다는 것이 발견됐습니다. 한마디로 더 많은 전진을 위한 약간의 후퇴 인 것이죠.

자, 이제 바이러스가 언제까지 그 마수를 숨기고 있을지, 지켜볼까요?

마수의 시작과 결말, 후천성 면역 결핍증

"이제 날 방해할 면역 세포들도 방해가 안 될 만큼 처리했겠다, 이제 일을 시작해 볼까?"

지금까지 갑이 면역세포들을 착실하게 제거하고 자기 자신을 복제한 이유가 도대체 뭘까요? 무엇을 위해서라고 물으신다면 '바로 지금을 위 해' 라고 대답할 겁니다.

면역세포가 많이 약해진 이 시점, 원래는 면역세포가 충분하지만 HIV바이러스로 인해 면역이 많이 약해진 이 시점을 바로 후천성 면역 결핍 증후군(AIDS) 이라고 합니다.

"난 스스로 움직이지 않아, 난 이제부터 내 손을 직접 쓰지 않고 남을 시켜서 활동할 거야. 손 안 대고 코 푸는 거지. 킥킥킥."

이게 무슨 말일까요? 말 그대로입니다. 이 바이러스가 걸린 사람의 최후는 대부분의 사람들이 알고 계실 겁니다. 바로 죽음, 죽음이 기다리고 있죠.

하지만 많은 사람들이 잘못 알고 계신 것이 있는데, 숙주를 죽음에 이르게 하는 것은 결코 바이러스 자신이 아닙니다. 바로 다른 질병들의 힘을 빌리는 것이죠.

이를 바로 '기회 감염' 이라 합니다. 바로 이때를 위해 면역세포를 착실하게 죽여 놓은 것이죠. 보통 사람에겐 약하게 나타나는 감염성 질환도 면역세포가 약한 에이즈 환자한테는 아주 강력하게 나타나는데 이를 아무도 막을 수 없다는 겁니다. 또 면역 결핍으로 악성 종양도 많이 생기게 되는데, 이로 또 사망에 이르게 됩니다. 정말 죽음의 병이죠.

치료 방법은 없을까?

간단히 말해서, 완치 법은 없습니다. 그 이유는 아직까지 HIV바이러스의 치료제가 아주 부작용이 심해서, 초기부터 그 치료제를 쓰기에는 위험이 크기 때문입니다. 초기에 발견하면 주기적으로 면역세포들이 사라지는 속도와 HIV바이러스가 증가하는 속도를 분석해 어느 정도 면역세포들이 없어지면 그 때 치료를 시작합니다. 안타깝지만 곧바로 치료를 할 수가 없죠. 또 다른 특징은 바로 하나의 치료제가 아닌 여러 치료제를 한꺼번에 쓰는 소위 '칵테일 요법' 이라는 치료법을 쓰는 것입니다. 그 이유는 한 마디로 HIV바이러스가 독종이기 때문이죠. 만약 하나의 치료제만 쓴다면 HIV바이러스의 특성상 그 치료제에 대한 내성을 금방 만들어 낼 겁니다. 그러므로 여러 치료제를 한꺼번에 써 쉽게 내성을 만들지 못하게 만드는 거죠.

또 이 약은 평생 복용해야 합니다. 멈추면 안 됩니다. 도중에 중단하면 HIV바이러스가 다시 증식하고, 그로 인해 다시 면역 세포는 줄어들고 또 기회 감염이 발생, 사망에 이르게 됩니다.

"흐흐흐, 날 피할 수 있는 방법은 없어. 서서히 죽는 길뿐이지."
갑을 피할 수 있는 방법은 없을까요?

예방을 하자, 예방!

범죄, 인재, 병 등 이들 모두에게 중요한 것이 있습니다. 바로 예방. 우리 학교 앞에 현수막이 하나 붙어 있어요. '불낼 사람 따로 없고, 불날 장소 따로 없다.' 그만큼 예방이 중요하다는 것일 겁니다. HIV바이러스가 의심되는 사람과 성관계를 할 때는 반드시 콘돔을 사용하세요. 또 위에서 말했던 모자 감염 가능성이 있을 경우에는 바로 병원에 가 검사를 받고, 약제를 복용하시는 것 잊지 말구요.

결국 갑이란 아이는 한 번 생기면 조금 늦출 순 있지만 막을 수는 없다는 것을 알았습니다. 결국 갑이 우리의 몸에 생겼다는 것을 알게 되면 이미 늦은 상태라는 걸요. 이미 갑을 낳고 나서부터는 이미 늦습니다. 이미 우를 범해 버린 것이죠. 이미 이런 상식을 모르는 분들한테는 당연한 결과일지도 모르겠습니다. 하지만 이글을 읽으신 여러분에겐 갑 같은 아이를 가지지 말기를 기도하고 싶네요.

에이즈 확산 방지를 기원하며…….

Interesting Science Story

탄수의 어드벤처

신 명 환

탄수의 어드벤처

여행의 시작

"자, 김치~~" 오늘은 탄수의 졸업식 날이다. 탄수가 친구들과 사진을 찍으며 행복한 표정을 짓는다. 하지만 탄수의 부모님의 얼굴은 그리 밝지만은 않다. 왜냐하면 지난 몇 달간 탄수가 수능시험을 친 뒤로부터 여행서적을 읽더니 대학에 바로 입학하지 않고 1년간 여행을 떠나겠다고 한바탕 난리를 쳤기 때문이다.

"탄수야, 그 여행 다시 한 번 생각해 보지 않겠니?"

탄수 어머니가 걱정스럽게 물어본다.

하지만 탄수는 이미 결심을 굳힌 듯이 자신 있게, "어머니! 걱정 마시라니까요. 제가 모아 놓은 돈하고 여행 다니면서 아르바이트도 조금씩 하면서 자비로 갈 테니까요. 손 벌리는 일은 없을 거고, 또 위험한 곳은 안 가요. 그러니까 걱정 마세요."라고 말한다.

"그래도 그 광고에서도 나오잖니 집 나가면 개고생이라고."

"어머니, 젊어서 고생은 사서도 하는 거잖아요."

탄수와 그의 어머니는 이런 끝없는 언쟁을 여러 번 겪었고 탄수의 마음은 이미 돌이킬 수 없게 되었다.

"여보, 그냥 보내줘. 딸도 아니고 아들인데 그렇게까지 걱정하지 않아도 되잖아."

탄수 아버지가 그의 편을 들어준다. 그들은 이런 언쟁을 계속하다 결국 탄수를 보내주기로 했다. 하지만 탄수 어머니의 얼굴에는 걱정의 그늘이 사라질 줄을 몰랐다.

탄수가 드디어 집을 떠나 여행을 시작하기로 한 날이다. 그는 첫 번째 여행지로 가기 위해 그의 집인 공원시 민들레구 녹말동에 있는 포도당이란 아파트에서 나와 산소를 탔다.

탄수의 집은 어디일까?

탄수의 집을 위와 같이 말한 이유는 포도당이 모여서 녹말을 이루고 이런 녹말과 여러 가지 것들로 식물이 이루어지기 때문이다.

또한, 탄수가 집에서 나서서 산소를 탔다는 말은 식물의 호흡작용이다. 호흡작용이란 산소를 들이마시고 이산화탄소를 내보내는 가스 교환을 통하여 생물들이 유기물을 분해하여 생활에 필요한 에너지를 만드는 작용을 말한다.

탄수가 사는 식물에서의 호흡을 알아보자! 그리고 덤으로 광합성도!

옆의 그림에서 보듯이 식물에서는 광합성과 호흡이 일어난다. 광합성이란 이산화탄소와 물을 합성하는 과정

Interesting Science Story

인데 이 과정에서는 햇빛이 반드시 필요하다. 식물은 광합성을 통해서 무기물을 유기물로 바꾼다. 그리고 호흡은 이 반대로 유기물을 무기물로 바꾸면서 에너지를 내는 것이다! 호흡에는 햇빛이 필요 없다. 따라서 항상 일어난다.

"아, 드디어 출발이구나! 아, 엄마는 진짜 뭐가 위험하다고 무슨 점을 보고, 부적을 쓰고, 묵주에, 염주에, 신령님, 부처님, 하느님, 다 찾고 계신지……. 그것 때문에 너무 돌아다녀서 벌써 피곤해."

드디어 여행을 시작하게 된 탄수는 앞으로 겪게 될 일은 상상도 하지 못하고 목적지를 정하기로 했다.

"자, 그럼 어디부터 가 보는 게 좋을까? 음, 유럽 어딘가가 좋겠어. 영국! 그 곳으로 가봐야겠다."

탄수는 평소에 관심 있어 하던 영국으로 가기로 했다. 그렇게 탄수는 영국으로 바람에 실려 그리고 확산(입자들이 스스로 운동하여 농도가 높은 쪽에서 농도가 낮은 쪽으로 분자가 퍼져 나가는 현상.)을 통해서 빠르게 가고 있던 중 탄수는 차들이 많이 다니는 도로를 지나치고 있었다.

"와, 여기는 탄소들이 정말 많다! 이상하게 요즘 들어 거리에 탄소들이 많아지는 것 같아. 이상해."

사실 이 곳의 탄소들은 대부분 자동차에서 연소되고 있는 휘발유와 경유에 있던 탄소들이다. 그들은 아주 오래전 죄를 저질러 지하 깊은 곳에 가두어졌다가 이제야 세상으로 나온 이들이었던 것이다.

휘발유와 경유에는 탄소들이 포함되어 있을까?
또 어떤 식으로 존재할까?

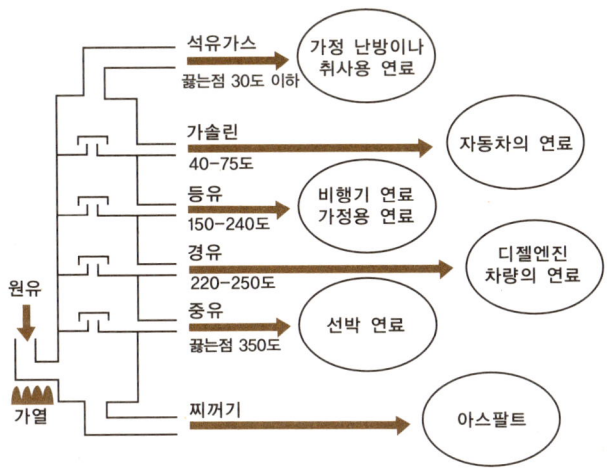

휘발유와 경유는 우리가 흔히 쓰는 화석연료예요. 휘발유와 경유는 원유라는 것에서부터 분리되어 나오는데, 이 원유는 아주 오래 전 생물체들이 땅 속에 묻혀 산소가 차단되어 부패되지 않고 온도와 압력이 높아진 땅 속에서 서서히 수분이나 휘발성 물질이 날아가고 탄소의 비중이 높아져서 만들어져요. 우리는 이런 원유를 땅 속에서 시추한 후에 또 이를 정제해야 우리가 사용하는 휘발유나 경유 같은 것을 얻을 수가 있어요. 그럼 원유를 정제하는 과정을 볼까? 여기서 볼 수 있듯이 원유는 여러 가지 물질이 섞인 혼합물이에요. 우리는 이러한 원유를 끓는 점(액체가 끓어서 기체가 될 때의 온도)

의 차이를 이용한 분별증류라는 방법으로 분리시켜 여러 가지 용도로 사용해요.

미스테리 가이드

"이봐 거기 꼬마! 잠깐 거기 서봐."

수상한 자가 탄수를 불렀지만, 수상한 자의 정말 수상한 생김새에 지레 겁을 먹은 탄수는 냅다 도망을 치기 시작했다.

"잠깐~~!!!! 나 나쁜 사람 아니야. 도망 가지 마!"

"말도 안 돼! 아저씨처럼 수상하게 생긴 사람을 보고 어떻게 가만히 있을 수 있겠어요? 아저씨는 가만히 있어도 남들이 피해가겠는데 더군다나 쫓아오면 어떻게 도망을 안 가요?"

"난 그냥 네가 이걸 떨어뜨렸기에 주워 주려고 했을 뿐이다, 꼬마야."

수상한 아저씨가 탄수에게 영국 여행 책자를 보여 주었다.

"아, 죄송해요. 아저씨가 너무 무섭게 생겨서 오해했어요."

책자를 받으며 탄수가 미안한 듯 머리를 긁적이며 말했다.

"영국에 가는 길인가 보지? 내가 그쪽을 좀 아는데 내가 같이 가줄까? 나도 지금 그 곳으로 가는 중이거든."

"아, 그러세요? 혹시 절 납치하거나 하실 건 아니죠?"

탄수는 아저씨를 의심했다.

"어허! 내가 고작 그런 짓이나 할 것 같은 사람으로 보이냐?"

"아니요. 아저씨는 그보다 더 무서운 일도 할 것 같은데요?"

"절대 난 그런 사람이 아니야!"

탄수와 그 수상한 아저씨는 한참의 실랑이 끝에 탄수는 그 아저씨를 믿고 동행하기로 했다.

공항에 도착한 둘은 런던 행 비행기를 타기로 했다. 비행기가 뜰 때까지는 아직 시간이 꽤 남아 있다. 탄수는 그냥 할 일이 없어 군것질도 하고 시간도 보낼 겸 매점으로 갔다. 매점에서 먹을 것을 좀 사서 먹고 있던 탄수의 옆에서 어떤 사람이 신문을 읽고 있었는데 탄수의 눈에 신문 속의 한 얼굴이 들어왔다. 바로 그와 같이 다니고 있는 그 남자였다. 탄수는 너무 놀라 한동안 그 사진만 뚫어지게 쳐다보았다. 그리고는 기사를 읽기 시작했다. 기사 내용은 이러했다.

"탈옥한 죄수"

어젯밤 석탄 광산 죄수 수감소에서 죄수 왕수상(나이 31세)이 조직을 동원하여 대대적인 탈옥을 하였다고 합니다. 이 죄수에 대하여 알려드리자면 대규모로 탈옥을 감행하여 대기 중 이산화탄소의 농도를 증가시켜 지구를 덥게 하고 있다고 합니다. 이에 따라 각종 이상 기후와 해수면 상승 등 인간들의 생존에 위협을 가하고 있다고 합니다. 또한 일산화탄소도 증가시켜 사람들을 해롭게 하고 있습니다. 이 자를 보신 분은 신속한 신고를 부탁드립니다.

　'이럴 수가! 내가 지금까지 범죄자랑 같이 있었단 말이야? 그나저나 이 일을 어떻게 하지? 경찰에 알려야 하나? 그래, 그게 좋겠다.'

　탄수는 범인이 혹시 눈치챌까 조심해서 전화했다.

　"여보세요? 거기 경찰이죠? 여기 신문에 나온 범죄자 그 왕수상이라는 사람이 여기 있어요! 여기는 인천 국제공항이에요. 저를 속이고 저와 함께 외국으로 가려고 해요. 빨리 와주세요."

　급하게 신고를 마친 탄수는 혹시라도 그가 들었을까 봐 조마조마했다. 그때 멀리서 그가 보였다. 그를 보자 탄수는 심장이 쿵쾅거리며 요동을 쳤다. 그가 탄수에게 이리로 오라는 손짓을 하자 탄수는 잠시 망설이다 태연한 척하며 다가갔다.

　"아저씨, 비행기 시간이 얼마나 남았어요?"

　"음, 대략 한 시간 정도? 그때까지 뭘 한다냐. 아! 근처 오락실이라도 갈까? 혹시 오락실 좋아하냐?"

　"아, 아니오! 요즘 신종 인플루엔자다 뭐다 해서 그런 데는 안 가는 게 좋지 않을까요? 거기서 병 옮으면 여행은 어떻게 가나요. 하하. 그러지 말고 여기서 기다려요. 그게 좋겠어요."

　탄수는 경찰이 올 때까지 그를 공항에 붙잡아둬야 했다.

　'아, 대체 경찰은 언제 오는 거야.'

　탄수가 초조해 할 무렵 공항 입구로 경찰처럼 보이는 사람이 보였다. 탄수는 그들에게 달려가며 소리쳤다.

　"여기요!! 여기예요. 그자가 여기 있어요."

　하지만 이상하게도 그 남자는 도망가려 하지 않았다. 더욱 놀라운 것은 그가 체포당하기는커녕 경찰과 인사를 나누는 것이었다.

"왕 반장님, 여기는 어쩐 일이십니까?"

한 경찰이 그 남자에게 물었다.

"아, 이 형사! 난 지금 내 쌍둥이 동생이란 자식이 런던을 테러할 계획이 있다는 정보를 입수하고 그쪽으로 가고 있는 중이네. 그럼 자네는 여기 어쩐 일인가?"

"예? 저는 여기 그자가 있다는 신고를 받고 달려왔는데요? 아! 저기 저 학생이 아마 반장님을 왕수상과 착각했나 봅니다. 학생 이리 좀 와 봐요. 반장님을 보고는 신고한 거 맞지?"

탄수는 당황스러웠다.

"예. 아마도 제가 착각한 것 같네요."

"역시 그렇군. 뭐 그럴 수도 있지. 그럼 전 그만 가보겠습니다. 반장님, 몸조심하십시오."

"그래, 알겠네."

그렇게 경찰은 가고 둘만 남았다.

"아저씨, 그럼 아저씨가 범인이 아니라 아저씨의 쌍둥이 동생이 범인이 거예요?"

"그래, 난 그 범인과 쌍둥이야. 일란성쌍둥이라서 똑같이 생긴 거야. 자세히 보면 다른 부분도 있어."

그때 비행기 탑승을 알리는 방송이 나왔다.

"런던 행 비행기가 곧 출발하오니 승객 여러분께서는 서둘러 탑승해 주시기 바랍니다."

"일단 비행기부터 타고 이야기하자."

둘은 서둘러 비행기에 올라탔다.

이산화탄소와 일산화탄소는 뭐가 다르지?

위의 내용에서 휘발유와 경유가 원유에서 나온다는 사실을 알았어요. 그리고 왕수상이 탈출한 석탄도 마찬가지로 화석연료의 일종으로, 원유와 비슷한 과정으로 생성되어요. 이러한 화석연료들에 있던 탄소들은 연소라는 과정을 통해 이산화탄소(탄소 하나에 산소가 2개 붙어 있다)와 산소가 부족할 때는 일산화탄소(탄소 하나에 산소 1개)로 빠져나오면서 에너지를 내게 되어요. 이산화탄소는 호흡할 때도 나온다고 배웠죠? 그런데 이런 이산화탄소는 지구를 덥게 만드는 기체 중에 하나에요. 따라서 우리가 석유나 석탄 같은 화석연료를 많이 연소시키게 되면 지구가 더워지는 온실 효과가 나타나요. 이렇게 지구가 덥게 되는 것을 지구온난화라고 해요. 그리고 지구가 더워지면 이상기후가 나타나고 빙하가 녹고 해수면이 상승해요. 그리고 일산화탄소는 호흡을 방해하는 독성을 가지고 있어서 우리 몸에 굉장히 해로워요. 흔히 연탄가스에 일산화탄소가 많기 때문에 연탄가스에 중독된다는 말이 이 일산화탄소 때문에 호흡을 하지 못한다는 말이에요.

"그자를 막아라!"

"우우우우웅~~~~"

비행기의 엔진이 시끄러운 소리를 내며 돌아가기 시작했다.. 탄수는 자리를 잡고 아저씨와 함께 앉았다.

"아 참! 여태 아저씨 이름을 안 물어봤네요. 성함이 어떻게 되세요?"

"나? 난 왕이상이라고 한다."

"네? 왕이상이요? 크크크 이름 진짜 이상하시네요. 근데 왕수상보다는 낫네요."

"그렇지? 나도 그렇게 생각해. 그나저나 아까 하던 이야기나 계속할까?"

"네! 아까 뭐라고 하셨죠? 일란성 쌍둥이이지만 구별할 수 있다고 하셨던가? 다른 점이 뭐예요?"

"내 동생은 쌍꺼풀 수술을 해서 쌍꺼풀이 있어. 아마 딱 봐도 티가 나서 혹시라도 그를 마주치게 되면 금방 알아챌 거야. 그땐 정말로 신고를 해야 돼."

"네, 알겠어요. 그런데 그자가 하려는 일이 정확히 뭐죠? 런던을 테러하다니요?"

"왕수상은 지금까지 해오던 이산화탄소들을 증가시키는 것보다 더 큰 일을 하려고 해. 바로 스모그 공격이지. 스모그는 도시의 매연이나 뭐 여러 가지 오염물질이 안개처럼 된 거지. 그래서 우리는 Smog(smoke+fog : 연기+안개)라고 부르는 거야."

"아, 스모그에 대해서는 들어본 적이 있어요. 스모그에도 종류가 있다고 하던데. 뭐가 있더라…… 아! 맞다 LA형과 런던형! 그래서 그자가 런던을 목표로 삼은 거군요!"

"그래 맞아. 알고 보니 꽤 똑똑하구나!"

탄수는 그 말을 듣고 굉장히 뿌듯했다.

'역시 화학시간에 열심히 수업을 듣길 잘했어.'

탄수의 스모그 특강!

안녕하세요? 전 탄수예요! 제가 여러분들에게 스모그에 대해서 알려 드릴게요.

왕이상 아저씨가 말했듯이 스모그는 말 그대로 오염된 안개 같은 거예요. 스모그에는 런던형 스모그와 LA형 스모그가 있어요. 그럼 이 두 가지 스모그의 차이점을 말해드릴게요.

런던형 스모그는 산업혁명이 일어난 이후에 영국 런던에서 일어났던 형태의 스모그로, 석유나 석탄 같은 연료를 연소시킬 때 나오는 이산화황(화석연료에는 황도 포함되어 있답니다), 일산화탄소, 분진 등이 안개와 섞여 형성되는 스모그입니다. 주로 공장이 많은 곳에서 발생해요. 공장에서 황을 적게 배출시키게 해주는 탈황장치라는 시설을 이용해서 줄일 수 있어요.

그리고 LA형 스모그는 LA에서 주로 발생했기 때문에 LA형 스모그라고 불러요. 다른 말로는 광화학스모그라고 해요. 우리가 이렇게 부르는 이유는 이 스모그가 발생하기 위해서는 강한 자외선에 의해서 이산화질소가 분해돼서 오존(산소 원자 세 개가 붙어있는 기체로 하늘 높은 곳에서는 자외선을 막아주지만 우리 주변에 있으면 몸에 해롭다)을 만들어 그 오존이 연료의 불완전연소물인 탄화수소(탄소와 수소의 결합물로 불완전연소 될 때 나온다)와 반응하여 오염물질을 만들어내요. 이것이 광화학스모그예요. 참고로 이산화질소는 자동차 엔진의 뜨거운 열로 인해 만들어 지기 때문에 화석 연료와는 직접적인 관계가 없어요.

비행기는 드디어 런던에 도착했다. 탄수와 왕이상은 앉은 자리에서 작별인사를 했다.

"그럼, 꼭 잡으시길 바랄게요."

"그래, 너도 조심해서 여행해라."

탄수는 아저씨와 헤어져서 배낭을 찾아서 공항을 먼저 구경해 보기로 했다. 한참 공항을 구경하다가 탄수는 화장실에 샀다. 볼일을 보고 있는데 누군가가 들어왔다.

그 자가 갑자기 탄수의 등에 무언가를 갖다 대었다. "파직!" 하는 소리와 함께 탄수가 정신을 잃고 쓰러졌다.

탄수가 깨어나 보니 주변이 매우 어두웠고 몸은 의자에 묶여 있다.

"살려주세요! 살려줘요!"

탄수가 아무리 소리쳐도 주변은 조용했다.

그때 문을 여는 소리가 들리고 빛이 새어 들어왔다. 어떤 남자가 서 있었다. 탄수는 그를 보려 했지만 뒤에서 들어오는 빛 때문에 그의 얼굴은 보이지 않았다.

보이지 않는 그 남자가 말했다.

"네가 탄수냐? 미안하게 됐다. 어쩔 수 없는 상황이라."

그 남자의 목소리는 탄수에게 매우 익숙했다.

"아저씨? 왕이상 아저씨예요? 저한테 왜 이러세요! 빨리 풀어주세요!"

탄수가 이렇게 소리치자 그 남자는 다짜고짜 화를 내기 시작했다.

"뭐라고? 내가 왕이상이냐고? 웃기지 마. 난 왕이상보다 훨씬 잘생겼는데 내가 어째서 그 인간 같다는 거야!"

그가 짜증을 낼 때쯤 탄수는 그 남자의 얼굴이 서서히 보이기 시작했다. 매우 수상한 얼굴 왕이상과 완전히 판박이 이었지만 단 하나 어색한 쌍꺼풀은 달랐다.

"으헉! 당신은 왕수상? 이럴 수가! 날 어떻게 알고 납치한 거죠?"

"드디어 내 잘생긴 얼굴을 알아보는군. 음하하. 한국에서 공항가는 길에 고속도로에 이상하게 탄소들이 많았지?"

"네. 생각해 보니 그런 것 같네요. 설마 당신의 부하들이었나요?"

"생긴 건 별로 똑똑해 보이지 않게 생겼는데 꽤나 똑똑하군. 그래, 내 부하가 다 알려줬지. 왕이상이 날 잡으러 온다더군. 그리고 오는 길 내내 너와 동행했고 그를 막으려면 이 방법밖에 없는 것 같아서 널 납치했지. 개인적인 원한은 없어. 일만 잘 끝나면 돌려보내주지. 음하하."

"비겁해! 쌍꺼풀도 이상한 게!"

"뭐라고! 웃기지 마! 내 쌍꺼풀이 얼마나 날 돋보이게 하는데! 날 화나게 하면 너에게 별로 득이 될게 없을 텐데? 어디 어둠 속에서 계속 고생해 보시지!"

왕수상은 그대로 문을 닫고 나가버렸다.

"아, 어쩌지. 빨리 빠져나가서 신고를 해야 할 텐데. 내가 범인 검거에 방해가 되는 건가?"

탄수는 왕이상 아저씨에게 폐를 끼치지 말아야겠다고 생각하고 계속 빠져나갈 궁리를 했다. 일단 주변을 살펴보기로 했다.

"아, 여길 어떻게 빠져나가지? 어? 이게 무슨 소리지? 여기 쥐가 있나?" 구석에서 쥐가 기어가는 소리가 들렸다.

"그래! 나갈 수 있어!"

탄수는 아까 공항에서 먹다가 남은 초콜릿이 생각났다. 탄수의 주머니에는 초콜릿이 들어 있었다. 탄수는 옆으로 누워서 겨우 그 초콜릿을 주머니에서 빼내었다. 그리고 초콜릿을 의자 뒤로 묶인 손으로 잡고 손을 묶은 줄에 초콜릿을 발랐다. 그리고는 제발 쥐가 와서 갉아 주기를 기대했다.

"아으, 쥐는 질색인데 나가려면 어쩔 수 없지."

결국 쥐 한 마리가 다가왔다.

탄수를 묶고 있던 밧줄을 조금씩조금씩 갉았다.

"쥐가 내 손을 물면 어떡하지? 쥐들아, 제발 조심해라."

탄수는 거의 울먹였다.

드디어 줄이 끊어졌다.

"얼른 나가서 놈을 막아야겠어!"

탄수는 주변을 계속해서 탐색하고 잠겨 있는 문을 열고 나갈 방법을 찾기 시작했다. 탄수가 이렇게 고생할 때 왕수상은 왕이상에게 연락을 취했다.

"이봐, 이상하게 생긴 형사님?"

"넌 형한테 말버릇이 그게 뭐야!"

"훗. 웃기시네! 나이도 같은데 무슨 형이라고. 다름이 아니라 날 막으러 여기까지 왔다고 들었는데 안타깝게 됐군. 허탕치게 생겼어. 으하하하!"

"그게 무슨 소리냐! 넌 이제 끝났어. 게임 끝났다고. 난 탈황 장치를 구해왔어, 넌 절대 런던에 다시는 스모그를 발생시키지 못할 거야."

"과연 그럴까? 내가 잡아놓은 학생이 하나 있지. 탄수라고 아마 잘 알고 있을 거야. 후후. 만약 날 방해한다면 그 아이는 어떻게 될지 몰라. 그럼 난 이만 끊지. 일을 하러 가야 해서 말이야. 으핫핫!"

왕수상은 전화를 끊어 버렸다. 왕이상이 당황해 하고 있을 무렵, 탄수는 아직도 그 곳을 빠져나올 방법을 찾지 못했다.

"큰일이네. 문은 철문이고 창문도 없고 앞은 잘 보이지도 않네."

그렇게 탄수가 좌절하고 있을 무렵에 밖에 무슨 소리가 들렸다.

"여기는 평당 100 정도 합니다. 저쪽 보시면 강도 있어서 공장 부지로는 아주 최적이죠."

아마 땅을 보러 온 듯하다. 땅을 사러 온 사람이 질문을 한다.

"이 창고는 뭐죠?"

이를 들은 탄수는 자신이 있는 곳을 말한다는 걸 깨닫고는 마구 소리를 질러댔다.

"아아아아악!!! 살려줘요!!!"

이 소리를 들은 땅을 보러 온 사람은 신기하다는 듯이 말했다.

"대체 뭐죠? 귀신이 사는 겁니까? 흥미롭군요."

"귀신이 아니라 탄소예요! 저 좀 살려줘요! 저 납치됐어요!"

탄수는 다행히 그 사람들이 땅을 보러 온 덕분에 풀려날 수 있었다.

경찰서에 도착한 탄수는 왕이상에게 전화를 걸어 자신이 풀려났음을 알렸다.

"아저씨, 저 왕수상에게 납치당했는데 탈출했어요. 그 왕수상이란 사람 못생기고 굉장히 허술하던데요?"

"그래, 다행이구나. 이제 왕수상을 막을 수 있겠어. 하하. 허술한 것, 그게 나랑 다른 두 번째 차이지. 내 동생은 어려서부터 컴퓨터게임을 너무 많이 해서 그런가 봐. 나랑은 좀 달라. 난 철저한데 말이야. 너도 컴퓨터 게임 너무 많이 하지 말거라. 그럼, 이만 난 왕수상을 잡으러 공장지역으로 빨리 가봐야겠어."

"잠깐만요. 저도 도우면 안 될까요? 저도 탈황 장치에 대해서 좀 알아요."

"그래? 그럼 빨리 출동해. 위치는 거기 경찰서에 물어보고."

탄수는 곧바로 공장지대로 출동했다. 공장지대에는 아직 왕수상은 보이지 않았다.

"아저씨, 어서 탈황 장치를 설치해서 황이 빠져나오는 걸 막아야죠!"

"그래, 그런데 그게 말이지, 내가 이 장치를 잘 몰라서 말이야."

이 때 왕이상이 나타났다. 왕이상은 창고에 갇혀 있어야 할 탄수가 보이자 매우 당황했다.

"어째서 네가 여기 있는 거지? 예상치 못한 돌발 상황이군. 하지만 상관없어 탈황 장치를 잘 모른다니! 으하하! 조립해서 가지고 오진 못했나 보지? 하하! 나의 승리군. 이제부터 매일매일 황이 거리로 나오겠군."

왕수상은 통쾌해 했다.

왕이상은 매우 심란한 얼굴로 고개를 숙였다.

"아저씨, 고개 숙이지 마세요. 제가 탈황 장치를 설치할 수 있어요."

"뭐라고! 네가? 이런 이번에는 내가 졌군. 다음번엔 쥐도 새도 모르게 일을 벌일테니, 각오하라고! 하하하하!"

왕수상은 이렇게 말하고는 도망가려 했지만 곳곳에 잠복한 경찰에 결국 붙잡히고 말았다.

탄수는 성공적으로 공장에 탈황 장치를 설치했고 사건은 해결되었다.

"탄수야, 탈황 장치가 어떤 건지 좀 가르쳐줘. 앞으로는 과학 공부 좀 해야겠어. 너 없었으면 큰일 날 뻔했구나."

왕이상 아저씨가 면목 없어 했다.

"에이, 뭘요. 탈황 장치를 설명해 드릴게요."

탈황 장치는 뭘까~~요!

자! 탈황 장치를 설명해드릴게요. 탈황 장치는요, 말 그대로 벗을

탈(脫) 자를 써서 황을 벗는 다는 의미로 황(S)의 배출을 막는 장치입니다. 황의 배출을 막으면 황이 원인이 되는 런던형 스모그가 일어나는 것을 막을 수 있겠죠? 그럼 어떻게 황을 배출하지 않을 수 있을까요? 바로 탄산칼슘입니다. 탄산칼슘에 열을 가해서 산화칼슘을 얻어요. 그럼 이 산화칼슘이 황산화물인 이산화황과 결합해서 덩어리를 만들어요. 덩어리는 날아갈 수가 없겠죠? 따라서 우리는 이산화황이 배출되는 것을 막을 수가 있는 거예요. 참 쉽죠? 아참, 그리고 이 덩어리는 크지 않고 매우 작은 먼지 같아서 물을 뿌려서 가라앉혀요. 먼지도 우리 몸에 안 좋은 거니까요.

아저씨는 탄수에게 고마워했다.

"고맙구나. 앞으로는 이런 범죄를 미연에 방지하도록 모든 공장에 이 시설을 설치해야겠어."

"네, 저도 동감이에요! 그럼, 전 제대로 여행을 가봐야겠어요. 여기까지 동행해 주셔서 고마워요. 안녕히 세세요!"

"그래, 조심해서 다니거라."

아저씨와 이별한 탄수는 여행을 다니다 아저씨를 또 마주쳤고 아저씨가 소개해 주는 영국을 잘 여행하고 한국으로 돌아왔다. 탄수에게 이 여행은 큰 경험이었고 커다란 모험이었다.

Interesting Science Story

변덕스러운놈 / 착한놈
차가운놈 / 뜨거운놈

이 동 우

변덕스러운놈 착한놈
(대류권)　　　　　　(성층권)
차가운놈 뜨거운놈
(중간권)　　　　(열권)

"오오오 아시스다! 기순아, 오아시스야!"

"정말이네! 빨리 가자 기석아~!"

조난당해 사막을 거닐고 있던 기석이와 기순이.

사막을 떠돈 지 3일째 되는 날 기석이와 기순이는 저 멀리 있는 오아시스를 발견한다.

"으아악! 기순아, 기순아!"

남아 있는 모든 힘을 쏟아 오아시스로 뛰어가 물을 벌컥벌컥 마시고 일어나던 기석이와 기순이는 깜짝 놀라 넘어지고 만다.

바로 앞에 할짝할짝 물을 마시는 페가수스가 있었기 때문이다.

"이게 뭐야, 페가수스?"

믿기지 않는다는 눈으로 멍하게 바라보다가 날고 싶다는 생각에 빠진 기석이와 기순이는 페가수스를 타고 하늘로 날아오르는데…….

"난다. 우리가 날고 있다. 오, 예!"

날개를 활짝 편 페가수스는 기석이와 기순이를 태운 채, 대류권의 끝이자 성층권의 시작인 대류권계면으로 날아오른다.

"기순아, 이 많은 구름 좀 봐!"

"이게 구름이야? 안개 같구만!"

"에이 기순아, 안개도 구름과 같은 거야~ 안개가 높은 곳에서 생긴 게

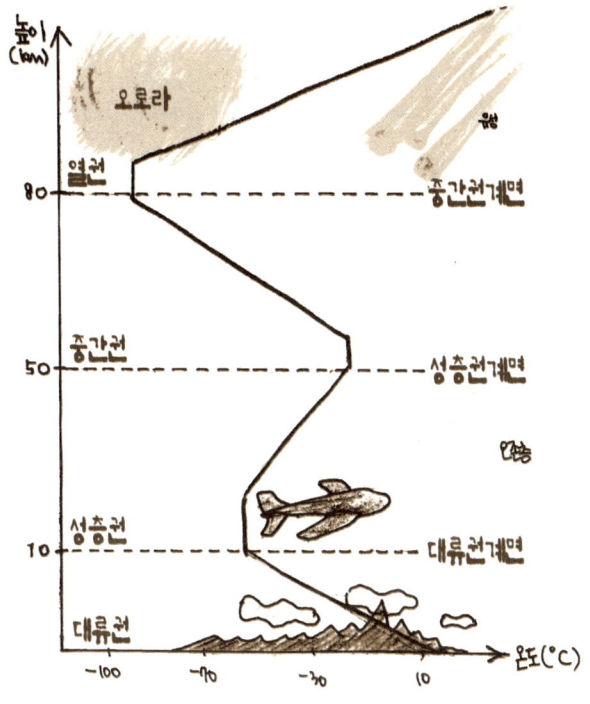

페가수스 여행 행로(대기권의 구조)

구름인 거지!"

"잘 이해가 안 돼. 무슨 말이야?"

"음. 그러니깐 산꼭대기에서 우리가 흔히 말하는 안개 본 적 있지?"

"응!"

"그 안개를 땅에서 보면 그게 구름인 거야!"

"아~~ 그럼, 안개는 우리가 바로 앞에서 보는 거고 높은 곳에 있는 안개를 보고 구름이라고 하는 거구나!"

"그래 맞아! 그리고 구름은 대기권 중 대류권에서만 볼 수 있어. 대류 현상이 일어나서 대류권에서만 기상 현상이 일어나기 때문이지!"

"그렇구나! 그럼, 그 외에 대류권만의 다른 특징도 있어?"

"음. 우리 대기는 대류권, 성층권, 중간권, 열권 이렇게 네 개의 부분으로 나눌 수 있는데, 지구 전체 대기의 75% 정도가 중력에 의해 대류권에 분포해 있어. 따라서 대류권의 윗부분에는 공기가 많이 적다고 보면 되겠지?

"근데, 기석아아아. 추워! 올라갈수록 추워지네."

"흡!"

"흡!"

"숨 막혀!! 공기가 부족해! 괜찮아 기순아?"

"아……니……숨……을……못쉬……겠어…….."

이때였다.

페가수스의 갈기털 두 가닥이 길쭉해지고 구멍이 뚫리더니 그 구멍에서 산소가 나오기 시작했다.

깜짝 놀란 기석이와 기순이는 당황한 눈치였지만 바로 털을 잡고 콧구멍에 넣어 폐에 산소를 공급했다.

"휴 살았다. 어! 기석아, 저기 봐 비행기야~~~"

"그러네! 비행기가 지나가고 이렇게 공기가 부족해진 것을 보면 여긴 성층권이겠다."

"그런데 왜 여기는 구름이 생성되지 않는 거지?"

"구름은 공기가 대류하면서 생기는 건데 여긴 공기도 많이 없고 기온도 안정하기 때문에 대류현상이 일어나지 않아! 그래서 구름이 없는 거지!"

"아, 그럼 대류권은 변덕꾸러기였구나! 이 성층권은 평온한데?"

"바로 그거야! 변덕스럽지? 그래서 기상 현상을 볼 수 있는 것은 대류권뿐이지."

이때 심상치 않은 눈초리를 기석이에게 보내는 이가 있었으니……

"앗! 이게 무슨 냄새야? 기석이 너, 방구 꼈지? 에이 더러워."

"아니야! 이건 오존 냄새인 것 같은데! 그러고 보니 벌써 오존층까지 올라왔구나! 기순아, 넌 이 오존층이 무슨 역할을 하는지 알아?"

"아니, 잘 모르겠어. 히히."

"으이구. 오존층이 오존이 밀집돼 있는 곳이라는 건 알지? 이 오존층은 태양 자외선처럼 태양이나 우주에서 지구로 들어오는 해로운 빛을 흡수해 줘!"

"와, 그럼 좋은 거구나!"

"그럼! 오존층이 없으면 우린 살 수 없어. 요즘 피부암 환자가 많아지고 있지? 그것도 우리가 대기를 오염시켜 오존층에 구멍이 뚫려서 지표에 도달하는 자외선 양이 많아져서 그런 거야."

"오존층에 구멍이 뚫려?"

"말이 그렇다는 거지! 특정한 곳의 오존량이 줄어들었다는 말이야!"

"아~, 근데 있잖아. 우리 지금 계속 올라가고 있거든? 그럼, 우리 위험한 거 아니야?"

"큰일 났다! 어떡하지?"

이미 찬란한 빛이 보이기 시작하고 있었다.

"우……리 이제 죽는……거야?"

기순이가 울먹거리며 기석이에게 안기는데, 이때 또 놀라운 일이 생긴다.

오존층에서 벗어나기 바로 직전 페가수스의 앞발굽이 떨어지더니 '유해 빛 차단 팔찌'가 되어 기석이와 기순이의 팔에 감기는 것이었다.

이제 죽는구나 생각하며 서로 안고 있다가 아무 이상이 없자 실눈을 떠보고 현재 있는 곳이 오존층 밖이라는 것을 깨닫는 데까지는 불과 3초. 더 오래 안고 있을 수 없었다는 점에서 아쉬움을 느끼며 입을 여는 기석.

"기순아, 우리 살았어! 근데 어떻게?"

"어! 팔을 봐. 이게 뭐지?"

"글쎄, 이게 우리를 살려준 게 아닐까? 그렇다면 페가수스가 또 우리를 도와주네?"

기석이와 기순이는 페가수스에게 다시 한 번 감사를 표하며 성층권계면을 향해 올라가고 있다.

"기석아, 너무 춥지 않아? 몸이 떨려."

"큰일났어! 지금 중간권 근처까지 온 거 같아. 이제 곧 얼어 죽을 거야!! 중간권은 영하 90℃에서 최대 영하 130℃정도라구."

"이번에도 페가수스가 뭔가를 해주지 않을까?"

이때 페가수스가 '히이히이잉' 하며 갑자기 멈춰 선다. 그러더니 갈

기털을 곤두세우고 춤을 추기 시작한다. 잠깐 추었는데 페가수스의 몸에서 엄청난 열이 나오기 시작하고, 그 열이 전부 갈기털의 끝에 저장되어 기석이와 기순이의 모공에 박히기 시작했다.

그렇게 우리의 먼 조상 오스트랄로피테쿠스 정도의 털이 생긴 기석이와 기순이, 그리고 페가수스는 성층권계면을 지나 중간권으로 가게 되는데……

"있잖아, 기석아, 근데 중간권은 왜 온도가 이렇게 낮은 거야?"

"음. 중간권은 지표면과 태양 둘 다와 멀리 떨어져 있잖아?"

"응! 그건 나도 알아."

"지표면에서 멀리 떨어져 있어서 지구 표면으로부터 방출되는 열을 받을 수도 없고, 태양에서 멀어서 태양에너지를 직접 받기도 어렵기 때문에 특별한 에너지원이 없어서 그런 거야!"

"아~, 그렇구나!"

기순이가 이렇게 위기를 모면하며 지식을 쌓는 사이, 지금 페가수스는 빠른 속도로 중간권계면을 향해 가는 중이다.

중간권계면 근처에 다다르자 조금씩 땀방울이 생기기 시작했다.

"아이~, 더워. 왜 이렇게 더운 거야! 이 털 이제 안 빠져?"

기순이의 말이 끝나기가 무섭게 털갈이하듯 털이 쑥쑥 빠지기 시작했다.

"아, 빠진다! 근데 갑자기 날씨가 왜?"

"앗! 저기 봐! 오로라야!"

"우와~, 예쁘다!"

"오로라가 참 예쁘지? 근데, 우리 이번에 또 위험한 것 같아. 급격히 온도가 올라간 것도 그렇고 오로라가 있는 걸 봐서 아마 우리가 열권까지 온 것 같아!"

"그게 왜? 열권이 뭔데?"

"열권은 태양과 제일 가까워 태양에너지를 가장 많이 받게 돼. 그래서 대류권, 성층권, 중간권과는 비교도 안 되게 온도가 높아."

"아까 전엔 얼어 죽을 뻔했더니 이번엔 더워 죽는다고?"

"싫어~~~~~~!"

| 구름은 어떻게 생성될까? |

적운형 구름

"악, 아아앗 부딪힌다!!"

차가운 공기들의 우두머리 앗차가 따뜻한 공기들의 우두머리 앗뜨에게 달려가다 부딪히고 만다.

"하앗!"

가벼운 녀석들. 따뜻한 공기의 우두머리인 앗뜨는 무리들을 이끌고 순간적인 순발력을 발휘해 앗차의 머리를 넘을 정도의 도약을 했다.

어찌나 가벼웠던지 그 도약 한 번에 멈춰볼 겨를도 없이 하늘로 솟구쳤다.

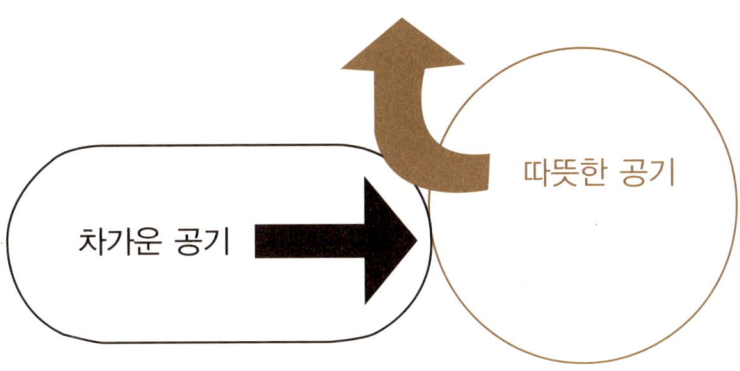

따뜻한 공기

"갑자기 뛰어오면 어떡해, 앗차!"

"미안해! 급하게 오느라 뛰었는데 멈추질 못했네. 흐흐히히."

"이런, 앞으론 조심해! 알았지? 휴~, 오늘은 어쩔 수 없이 일 해야겠구만. 얘들아! 일하자 일!"

이때 따뜻한 공기들의 2인자 앗따가 긴급한 목소리로 앗뜨에게 말한다.

"앗뜨 형님! 서희가 너무 급하게 뛰는 바람에 높게까지 올라가요. 요즘같이 비가 많이 오는 날씨에 인간들에겐 미안하지만 구름을 두껍게 만들 수밖에 없겠어요."

"그래, 별 수 있겠냐? 1조, 너희들은 여기 있도록. 나머지들은 위로!"

"정지!!! 2조는 여기! 3조는 여기! 마지막으로 나를 포함한 18조는 여기서 대기하도록 한다! 모두들 수고했다!!"

지금 차가운 공기가 따뜻한 공기에 부딪혀 따뜻한 공기가 수직으로

상승하여 생긴 구름이 적운형 구름이다. 이 구름은 이름과 같이 두께가
두껍고 폭은 좁아 국지성 폭우를 내리게 한다.

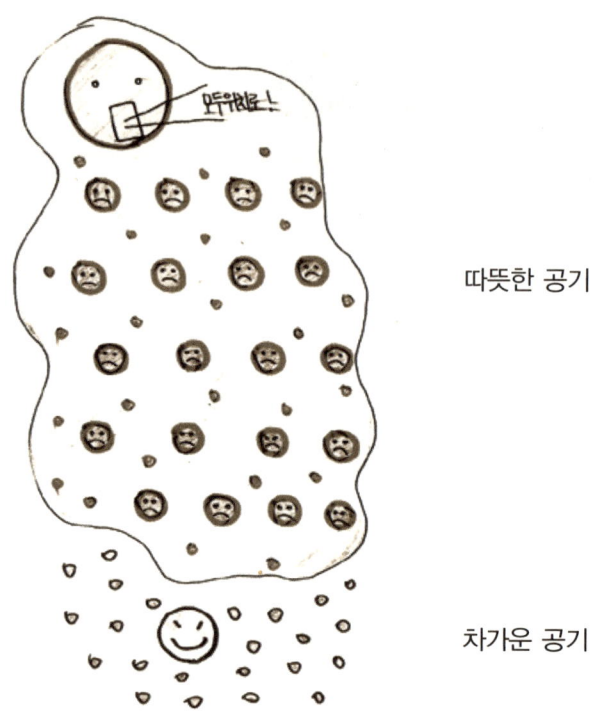

따뜻한 공기

차가운 공기

적운형 구름(적란운)

층운형 구름

엄청난 비의 양으로 홍수가 난 지 한 달.

이번엔 무슨 바람이 났는지 따뜻한 공기들이 신나서 뛰고 있었다. 애

석하게도 바로 앞에 있는 것은 떡하니 버티고 있는 차가운 공기들.

"으악."

이번에도 부딪히고 만다.

"야, 너 왜 그래? 저번에 내가 박았다고 복수하는 거냐? 치사하게!"

"미안."

"미안하다고 하면 다야? 장난해 지금?"

"미안하다니깐! 부탁 하나 들어줄게. 됐지?"

"그래? 그렇다면야. ㅎㅎㅎ. 그럼, 오늘 나와 우리 애들이 너무 피곤하니깐 너희가 일 좀 해주라~."

1초의 망설임도 없이 바로 말하는 앗차였다.

"그건 좀."

"그래서 못해주겠다는 거야?"

"아, 알았어, 알았어. 해주면 되잖아. 한다. 해!!"

"휴, 애들아 미안하다. 우리 이번에 한 번 더 일 해야겠다."

"형님! 애들이 너무 힘들어하고 수증기도 별로 없습니다! 앗차, 저놈 버릇도 나빠지고요."

앗따가 그래선 안 된다는 어조로 강력하게 앗뜨에게 말한다.

하지만 너무나도 착한 앗뜨……

"약속했단 말이야. 대신 나한테 좋은 생각이 있어!"

"?????"

"자, 주목! 오늘은 6명씩 3조로 구성해 '부침개 포진법'을 쓰도록 하겠다! 모두들 위치로~."

한 달 전, 차가운 공기가 따뜻한 공기에 부딪혀 따뜻한 공기가 급상승해 만들어진 적운형 구름으로 인해 많은 비가 내려 홍수가 발생하였다. 그러나 그 이후로 한 달 가량 비가 내리지 않아 한 달 전 홍수 피해에 현재는 가뭄 피해까지 겹친 상태에 이르렀다.

하지만 지금 따뜻한 공기가 차가운 공기에 부딪혀 완만하게 상승해 만들고 있는 구름은 층운형 구름이다. 딱 적당한 양이며 이는 땅을 시원하게 적셔 가뭄에 대한 걱정을 씻어 줄 것이다.

층운형 구름(층운)

| 부록 |

과학으로 책쓰기

임 흥 수
경상고등학교

* 과학으로 책을 어떻게 만들까? 과학적인 글쓰기는 어떠한 것일까?
* 학생들이 과학으로 책을 쓴다는 게 매우 낯설어 보이고 어려워 보인다. 하지만 조금만 달리 생각해 보면 오히려 책을 쓸 소재로서 과학만한 게 없다. 우리 자신에서부터 주변의 모든 환경이 다 과학이기 때문이다.
* 우리가 매일 지나다니는 길가의 작은 풀꽃 하나도 과학 글쓰기의 좋은 소재이다. 지금부터 자신의 주변을 유심히 관찰하고 창의적으로 생각하여 과학으로 책을 써보자.

1 과학 글쓰기에는 사고력이 필요하다

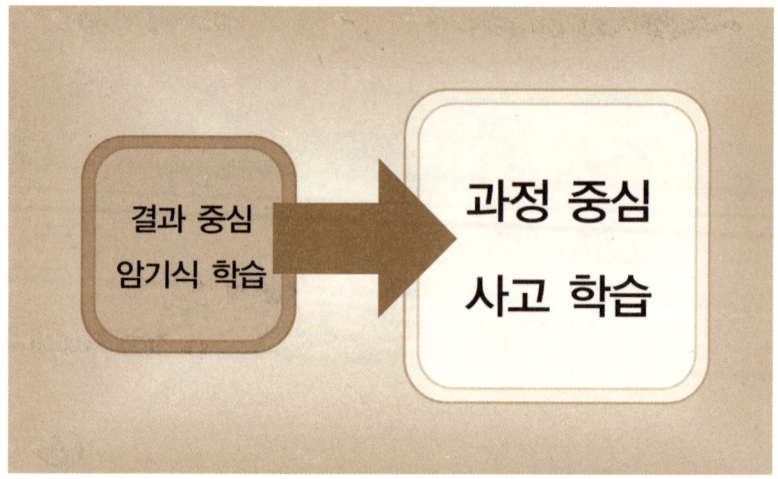

❖ 과학 글쓰기를 하기 위해 가장 필요한 것은 올바르게 사고하려는 습관을 가지는 것이다. 과학은 검증을 통하여 진리를 찾아나가는 학문이기 때문에 무조건 결과를 많이 안다고 해서 과학 글쓰기를 잘 할 수 있는 것이 아니다. 과학 개념이 형성된 과정을 이해하고 원인을 파악하려고 노력하여야만 좋은 과학 글쓰기를 할 수 있다.

❖ 다시 말해 결과 중심의 암기식 학습이 아니라 과정을 중시하고 그 원리를 규명하려는 사고 중심의 학습을 해야 과학 글쓰기의 효율을 증진시킬 수 있다.

2 사고에는 어떠한 것이 있는가

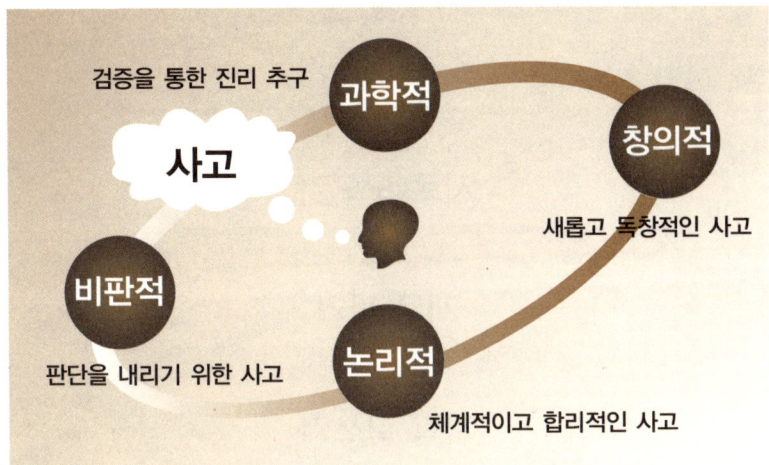

❖ 과학적 사고 : 의미를 구성하는 방식으로서 근원적인 진리를 찾아내는 검증을 통하여 진리를 추구하려는 사고

❖ 창의적 사고 : 진기하고 독창적이며 대중적으로 유용한 아이디어를 창출하는 능력

❖ 논리적 사고 : 인간이 자연 환경이나 사물을 접촉하면서 갖게 되는 의문을 풀려고 할 때의 사고 중에서도 조직적이고, 체계적이며 순서화되어 있는 합리적인 사고,

❖ 비판적 사고 : 어떤 견해를 받아들일지 또는 어떤 행위를 할지를 결정하기 위해서, 주어진 언어적 · 비언어적 자료의 논리적 구조와 의미에 대한 파악을 토대로 최선의 판단을 내리고자 하는 사고

3 과학 글쓰기의 순서

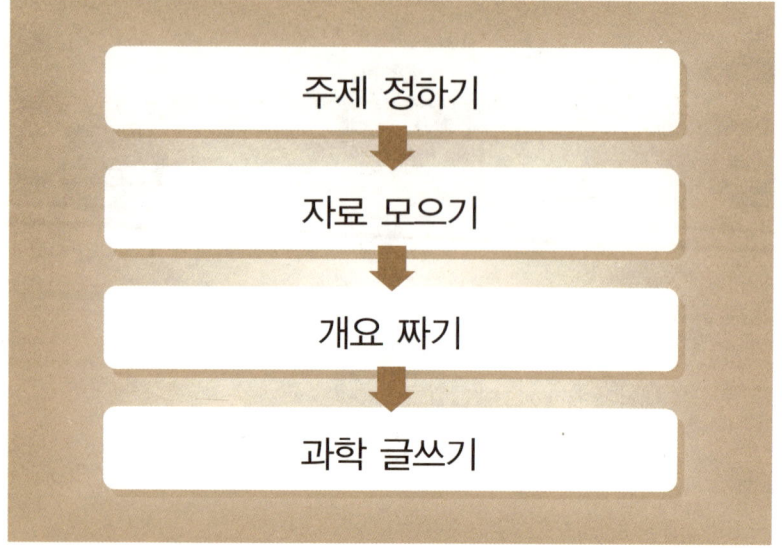

주제 정하기

자료 모으기

개요 짜기

과학 글쓰기

❖ 주제 정하기 : 주제는 자신이 가장 관심을 가지고 있는 분야에서 구체적으로 설정하여야 한다. 이 책에서는 생물에서 바이러스, 약용 식물, 호르몬, Rh혈액형, 면역, 색맹, 기계론적 생명관 및 화학에서 탄소의 순환, 화학 결합 등 구체적인 소재로 주제를 선정하였다.

❖ 자료 모으기 : 자신이 정한 주제에 관련된 책을 보다 많이 읽어야 한다. 관련 지식을 많이 가지기 위함도 있지만 다른 사람의 책을 다양하게 접해 보아야 자신의 책을 구상할 수 있다. 이 책의 학생들은 과학 서적, 잡지, 인터넷 및 전문가의 도움으로 스스로 많은 자료들을 모았다.

❖ 개요 짜기 : 글을 쓰기에 앞서 반드시 전체 글의 짜임을 먼저 구상하여야 한다. 자신이 소개하고자 할 내용들을 정리하여 큰 짜임을 만든 다음, 다시 세분화 된 짜임을 만들어야 글의 흐름이 부드러워진다. Rh혈액형을 주제로 한 경우 항원-항체 반응, Rh혈액의 수혈 관계, 적아세포증 등의 부소재들을 선정하여 정리하고 각 소재별로 관련된 현상들을 다시 구상하여 구체적인 짜임을 재정리하였다.

❖ 과학 글쓰기 : 개요 짜기가 잘 되어 있다면 글을 쓰는 것은 쉬워진다. 하지만 개요대로 그냥 글을 서술하기보다는 독자들이 좀 더 재미있고 쉽게 이해할 수 있도록 하기 위해서 글의 표현 방법을 충분히 고민하여야 한다. 위의 경우 항원-항체 반응이라는 과학 지식을 좀 더 쉽게 표현하기 위해 전문적인 특정 용어를 사용하지 않고 그림이나 일반적인 용어로 바꾸어 간단하게 설명하였다.